小主妇之爱情食疗

有些事，太乖的人帮不了你

天使不折翼

许邦妮 著

河北出版传媒集团
花山文艺出版社

图书在版编目（CIP）数据

小主妇之爱情食疗 / 许邦妮著 .—石家庄：花山文艺出版社，2015.8

ISBN 978-7-5511-1919-1

Ⅰ. ①小… Ⅱ. ①许… Ⅲ. ①随笔—作品集—中国—当代 Ⅳ. ① I267.1

中国版本图书馆 CIP 数据核字 (2015) 第 164103 号

冀图登字：03-2015-086

书　　名：小主妇之爱情食疗
著　　者：许邦妮

责任编辑：李　爽　刘燕军
责任校对：李　伟
美术编辑：许宝坤
封面设计：肖　杰
出版发行：花山文艺出版社（邮政编码：050061）
（河北省石家庄市友谊北大街 330 号）
销售热线：0311-88643221/29/35/26
传　　真：0311-88643225
印　　刷：北京东海印刷有限公司
经　　销：新华书店
开　　本：787 × 1092　1/16
印　　张：13.5
字　　数：100 千字
版　　次：2016 年 4 月第 1 版
2016 年 4 月第 1 次印刷
书　　号：ISBN 978-7-5511-1919-1
定　　价：38.00 元

推荐序

理解、谅解，与那之后的释怀

John Tao｜摄影师、《商业周刊》〈镜头的角落〉专栏作家｜

身为一个有妻有女，过得算是平稳与幸福的男人，我必须说这真的是一本好书。

老实讲刚答应写序的时候其实我很担忧，怕这是一本给予女性错误幸福幻想，或是咒骂男性负心无能的媚俗畅销书。但意外的是，我竟然半天就看完了，还马上推荐给我老婆看。

邦妮用一篇篇故事，点出了一样样幸福背后的阴影，用一道道美味的菜肴，提示了里面纠结的关系，也间接提示了自我疗愈的方向。这是一本两性皆宜的女性感情忠言，没有答案，只有淡淡地叙述一些不同立场，但有时这样反而让看的人更加难过，因为这份豁达应该来自许多过往的心痛。

我很希望在我生命中曾出现过的一些女性友人读过这本不梦幻的爱情书，虽然不至于可以防患未然，但应该可以少流一点眼泪。的确，世上有些事情不是像我这种乖乖牌的人教得了的，而又有很多人需要这样的忠言。

爱情是会退烧的，相处是需要磨合的，结婚是家族的，委屈是不能求全的，世上更没有一种事是绝对的。

童话里公主与王子相恋之后的故事着墨通常不多，八成因为作者也知道热恋后紧跟而来的，就是没那么梦幻的现实。而真实生活里，其实连王子与公主也都不存在。

这才是现代的爱情，不完美。但不代表不幸福。

这本书读完，每个人的解答应该都不一样。我看的是作者想诠释“理解、谅解，与那之后的释怀”。它让我更加理解自己是多么幸运，更要去好好珍惜我那习以为常的幸福。

希望这本书能让每一个读完它的人有所收获，哪怕只是一点点，都会离幸福更加接近，我想这才是作者的目的。

好书。

推荐序

疗愈你、疗愈我的小才女

Vivian —美食家、Vivian的美食乐园博客博主—

很难定义我所认识的才女许邦妮。

纯真可爱的笑容下有着成熟老练的思想，瘦小纤细的身体里蕴含着无比的行动力与爆发力，动不动就满口胡话但其实内在很有文化。

她擅长用文字与照片说故事，读她的文字和看她的照片，过程本身就是一种文学及艺术的享受。

她翻译过无数大师的作品，这是她个人的第一本创作。拿到书时我只看了几页就忍不住大笑……是啊，这就是许邦妮啊，读其书如见其人，个性强烈，一语中的，没有枯燥乏味的独白陈述，只有意犹未尽的情感交流。独一无二，无可取代。

这本书是情事与食事的结合，先冷眼理性地诉说一个个感情事件，再柔软感性地端出一道道料理处方，如果爱情就像食欲一般是天生就有的，许邦妮运用食物的美好特性，让身处情感病毒风暴的普罗大众，可以从中受到安全的保护。

全书有如知己相对的叙事文风，说一句是一句，如与密友的肺腑之言。像一杯陈年老酒，不必贪杯，微醺而已；也像一盅酽茶，不可牛饮，请细细品尝。也许论调偶有颠覆传统，打破众人眼光，但这正是我所熟悉的许邦妮。她说过："我要做我自己想做的人，做我自己觉得对的事；跟我喜欢的人交往，好好对待爱我与我爱的人。"

《世说新语》有言："太上忘情，最下不及情，情之所钟，正在我辈！"我们不是圣人，只是凡夫俗子，所以重感情，执著于感情。许邦妮透过书中的故事与料理告诉你我，情绪有 99% 取决于你如何对自己诠释所遭遇的事件，人生重要的不是发生了什么事，而是如何处理的方法和态度。倘若你能转身面向阳光，就不可能身陷在阴影里。凡事没有一定的对与错，世间的价值也不一定是我们要奉为圭臬的准则。透过她这位小主妇的犀利分析与解药食谱，懂得了和自己相处，再走出来，才会懂爱与被爱。

一直认为这世上有三样东西是别人抢不走的：一是吃进胃里的食物，二是放在心中的情感，三是读进大脑的书本。拥有许邦妮这本爱情食疗书，一次就能让你获得这三道大门的钥匙。

推荐序 请你跟我这样做

吴洛缨——《白色巨塔》、《痞子英雄》金钟编剧——

先说一个关于食物与关系的故事。

那个女人说着故事的时候微笑着，好像再次尝到当时的滋味。她说她离婚多年带着两个孩子，某年有个男人晃进她的生活，他们一起工作，偶尔相约看电影，或吃东西。男人很懂得吃，也不只是饕客，她知道那种对食物的好品味绝对与出身有关，那种遗老贵族的气质，衬着对食理的博学滔滔，往往叫她听到傻。这样不冷不热的距离，像不得已搭上同车厢，因而成知己。他们在被承诺为爱情的大门外踱步。

繁重的工作间他们抓了空，带孩子到邻近的海滨市镇，玩一天。男人非常细心体贴，一路照应得好好。直到晚餐他安排了一家号称六星级的铁板烧。大人小孩的套餐不同，小孩餐当然没有成人的珍馐丰盛，她习惯性地把自己盘上的一块块切分过去。突然男人又把自己的一份移到她面前，直说自己尝过了，一定要她试试。那些鲜虾美味在盘子上传递整晚。后来的故事都不好再说，但她始终无法忘记那刻，有如在饥寒交迫中得到一碗热汤的感动。

那刻她才懂得自己有多么贫薄渴求，那个动作不是任何名称可以定义的感情。那是人对人的慈悲、体贴、无私……任何可以被信任的美德。而她本来已经对这世界守口如瓶，却因此愿意让一丝凉风吹进。

吃食日日从我们的桌上、眼前甚至身体流过。烹煮在今时今日更是件奢华的事，它太花时间，和爱情一样。没有那个余裕，我们不动手，也不去爱。

我很喜欢英文中用来形容男女交往的动词 cooking，让人感觉到热气蒸腾，带着等待与分享的愿望。但我也担心食物熟了以后的下场，不是被吃完就是被倒掉，无论如何不会以锅里那样蓬勃的姿态变成永远，挣脱不出时间。这是食物与爱情的宿命，无中生有，有保存期限。当然，食物与情感关系为你的生命带来滋养，只有那尝进骨血的滋味，可能永远留存在记忆里。

这个小主妇示范了许多做菜不要太专心的方法，如果你愿意，真该一一尝试，那个不专心自有道理，如果检视背后，昭然若揭的是另外一个故事，那是货真价实的生命经验，色香味触法一样供人遐想。做，就懂了。

自序

交稿完后某日，收到编辑来信说需要写一篇作者自序。从一个读者到译者再变成一个作者，其实我不太熟悉作者自序该怎么写。上网简单 google 了一下，大概了解了一下，一般来说，作者序要对于成就这本书的人歌功颂德一下，以及本书缘起之类的内容。

将饮食与情感结合这样的书写方式，初起是刊载在近色文化《潮人物》月刊的专栏，而小主妇这个角色的催生者是《潮人物》万社长的提案，我想在这里先谢谢《潮人物》慷慨让我使用部分刊载过的文章，让这本书顺利地出版。而能够写完这本书，我想感谢这一路上与我相遇的所有人。不论是把心事交托于我的，或是在我生命每个章节中，促使好的、坏的事件发生的每个人。因为人的故事，正是本书中最重要的血肉，而我被食物疗愈的分享便成为完整故事的灵魂。

说来有趣，多数人认为能够处理人际关系情绪的人，必定有好脾气有好修养，其实正好相反。我开始以文字记录生活中令我动容与令我动怒的情感事件起因，正因我是一个坏脾气的人。性格上的缺陷，不断地让自己在与人相处时陷入同样的轮回里，而将生活中美好的互动诉诸文字后，每当气愤难平之际，反复咀嚼曾记录下的欢喜便成了平息怒火的最佳良药。这一路写着写着，渐渐地也写出了一些领悟。

几年前，有很长一段时间，姑且把这段时间称之为人生的低潮期好了，我的白色厨房在这段时间里蒙上一层浅浅的灰，不为任何人开伙。在这漫长的日子里我靠安眠药度过每一个夜晚，体重掉了将近 8kg，恍惚度日。

直到有一天，在我身边一直照顾着我的他也病了，昏睡到半夜醒了我问他想吃什么？他问我愿不愿意替他煮一碗粥，他好想念我煮的鸡蛋粥。刚在一起的时候，我老爱吃粥，他笑我这是给病人吃的东西，每次煮了一锅粥配上台式豆腐乳、面筋、肉松菜色，他吃着吃着总会有满桌牢骚。我恍惚地走进曾经熟悉的厨房，曾经在这里我端出各式菜色讨好我喜爱的每个人，旅行到各处最大的乐趣便是逛超市，替我的厨房添购各种当地的调味料，但今天晚上这里却冷清到有点凄凉。

我站在操作台前愣了好久，打开小灯，翻出闲置在橱柜角落已久的小铁锅，拆了一包新的米，淘洗着。在昏暗的灯光下，小锅子里的米汤从平静到跳跃到沸腾，发出了新米特有的香气，我望着锅中的米汤出神，我问自己到底这些日子在做什么？环顾四周，这个曾抚慰一天疲累的场所怎会沦落到如此死气沉沉。

煮好的稀饭端到桌上，知道他不爱还是放了肉松，心想着吃稀饭总是要有点东西佐餐。他看着坐在餐桌对面的我，说了句“你也陪我吃一点好不好？这是你爱吃的稀饭”。我勉强地拿了碗，敷衍地装了一些，低下头舀了点米汤胡乱地吞了起来。

他问我：“这是你今天的第一餐吧？要多吃点，吃饱才有力气伤心好不好。”听到这我眼泪大把大把地掉，再也忍不住在夜里号啕了起来。

隔天一早，厨房水槽里的碗盘早已被出门上班的他洗干净收拾好，我心里一阵疼，曾几何时，从小被教育君子远庖厨的他，竟也懂得洗干净自己用过的餐具。就这样如大梦初醒般，一整个早上从窗户到冰箱刷刷洗洗到了中午，竟有了久违的饥饿感。人世的无常偶尔会困住你我，但食物的温暖能唤醒的却远比你想象的更多。

对我来说，食物之于肉体就似情爱之于灵魂，这两者之间平衡了完整的我。一个人对食物的好恶，就像一本记载着生命旅程的日记。味觉养成源自家庭，丰富于途中捡拾，最后当自己有能力复制记忆里的味道之际方能完整。曾经在网络上看过旅日留学生，想尽方法将一块白嫩嫩的豆腐压去水分又烤上颜色，不辞千辛万苦只为了复制出家乡餐桌上再寻常不过的卤豆干。也看过旅居国外的主妇，一试再试几经失败后培养出一缸缸卤汁，是为了让异乡的餐桌上也飘着臭豆腐的香味。在物资缺乏的异乡，为了想吃这些东西，所费的心思与时间，其工程之浩大绝非身在家乡的你我可以想象。而这些壮举背后，满足口腹之外我想更多的理由是来自乡愁。人在食物里得到的，不只是食物本身的养分，更多的应是情绪上的慰藉与满足。仔细推敲那些你所喜爱的、讨厌的食物背后，必有一个或许已经被你遗忘的故事存在。而在这本书中，除了记录我对人间情事的看法，也分享了记忆中符合情境的料理做法。

在你动手试着做书中的食谱前，先放轻松，别太计较分量的准确多寡，也别拘泥于食材的一致性。多数的食谱对于不谙厨事的人来说不啻是一部有字天书，写得越详细越难理解，我在做菜时多半是凭着记忆里的味道去拆解做法，所以当你参考书中步骤前，不妨先从成品的外观去推敲，从文字里去想象料理的滋味，便不难从记忆中找到类似的经验，而这个过程与最后成为你桌上佳肴的菜色，便是你的故事你的味道。

我自认并非一个温良恭俭让的贤惠主妇，倘若一个个故事，以及一道道料理能够帮助在充满算计的人生路上跌行的人找回自己，也许也称得上是一种修行。最后还是老话一句，有些事，太乖的人绝对帮不了你。

目录

疗程五 | 婚前指南

疗程一

情非得已相处之道

有了爱，还要懂得相处，而相处的细节需要时时算计。

温度，不同调

就像盐渍的生鲜，把智慧运用在爱情里，
纵使失去了新鲜的颜色，
但是却得到了成熟的好滋味。

事情的开端只是一句话。经过了一个月的闷烧，在今天你对我说你们分手了。但是你坚持要等到七月底才搬回家，好歹也要撑过一年。七月的某一天是你们认识的日子。

他的居所成了你最后挣扎的地盘，在倒数的日子中，这个本来属于两个人相拥而眠的空间里，只剩下等不到归人的冷清，夜复一夜。

那一夜，你看着浴室里镜子里的自己，泪眼婆娑。回想起最后一次也是这面镜子，照映的却是一双温柔坚定的眼睛。镜子里的他拿着梳子替你梳理头发，说久也不久，才一个月前的事。“怎么好端端的才一转眼人说变就变？”你问。十个月又五天，拉长的尾音似乎没替你们带来转变的契机，迟迟未能画上的休止符似乎也只是等着凑齐时数。

“事情的开端只是一句话。”你的他这样回答我。

“我需要一点自己的空间。”在你质问他最近为什么老是要你回家住一两天之后，他是这样回答你的。你把他的回答解读为“爱情的温度已经开始降温了”，你无法想象他开始需要自己的空间，除非他不爱你，不然为什么需要透气？

在你还需要靠糖水灌溉爱情的十个月又五天，他已经开始不给甜言蜜语，荷尔蒙渐渐趋于正常数值。你百思不得其解，不断地翻箱倒柜挖线索，找寻那个让他退烧的原因。从他的朋友身上、社群网络中，除了他越来越冷淡的态度你找不到丝毫可疑。属于你们俩共构的爱情高塔，在你的质疑当中，以你无法想象的惊人速度快速崩解。

东区咖啡厅的一角，我问了一向不爱解释的他需不需要我当和事佬？他只淡淡地回了一句：“没感觉了我们。”随后他又补了一句，“我其实从来没想过要分手。”

谁都同意爱情在一开始最甜美，总有说不完的情话、分不开的甜腻、做不完的白日梦。差不多半年吧，当荷尔蒙分泌趋于正常，就会有了男女不同调的问题，通常提出抗议的会是女生。

其实这样的问题无关情爱，有关天性。就生理与心理面来理解其实再正常也不过，他没有不爱，只是你已经成为他的一部分，当他这样认定之后，基于天性他开始回归生活，很可惜这样的转变常常被误判为“腻了”。

爱情每一个阶段有每一个阶段的课题，相恋初始的炙热会留下许多燃料给下一个阶段解冻，第一阶段相恋，第二阶段开始就是相处，在此刻人会恢复到本来的样子，也就是说盲目的鬼遮眼已经逐渐恢复视力。但是很多爱侣在这段交接的时期就阵亡了。

就像恶性循环一样，他的天性激怒了你，你不断猜忌，丢出一个又一个师出无名的蠢问题，从一开始的耐心回答，渐渐地他也走向懒得解释这条路上，最后他的疲乏把你逼向钻牛角尖的别扭，他想不出办法，灵光一现想起了古人那句话“小别胜新婚”，于是这份好意却变成了你俩休止符的导火线。

我在一旁看着你看着他，除了可惜，还是可惜。亲爱的，我多希望你可以不小心翻到这篇文章，透过我说的故事看到自己。爱情没有消失，只是温度的感受不同而已，快快从牛角尖里钻出来透透气吧。

和风香料时蔬烤咸鲑鱼

盐渍的生鲜是古人在发明冰箱之前智慧的结晶，起初的目的只是在收获时利用盐保存食物。没想到透过盐分的熟成，食材虽然失去了最初的新鲜风味，却增添了熟成后的温润甘美。你可以把这样的智慧运用在爱情里，失去了新鲜的颜色但是却得到了成熟的好滋味。

和风香料时蔬烤咸鲑鱼

材料

市售咸鲑鱼……1片

洋葱……1/4个，切丝

杏鲍菇……数朵，顺着纹路撕成方便入口的大小

彩色青椒……共1/4个，切丝（或冰箱里面任何适合烘烤的蔬菜）

培根或火腿……1~2片

〈调味料〉

米酒……1大匙

水……1大匙

蒜末……1大匙

辣椒……1小匙

百里香……适量

迷迭香……适量

做法

1. 将鲑鱼以外的所有材料包含调味料放入容器中混合均匀。
2. 取一焗烤盘放入调味好的步骤1，放上咸鲑鱼最后铺上培根片。
3. 盖上铝箔纸以230度烤箱焖烤15分钟即可。
4. 可以搭配面包一同享用，面包蘸上充满蔬菜与鲑鱼精华的汤汁十分美味。

PS. 蔬菜可以多放一些，混合汤汁后蒸烤过的蔬菜十分好吃。

Tips

包括咸鲑鱼的大部分保存食材，都是透过盐、油腌渍浸泡延长食物的赏味期间。这个过程让新鲜的食材透过熟成有了崭新的风味。如果在缓慢的熟成期间，耐不住性子打开了封口，跑了杂质进去，化学变化下产生的多余气体很可能炸开整个容器。有时候面对人生面对事件的发生，我们需要的只是静待熟成的耐心。

不能翻的账本

有些话还是不需要说，有些事不做会更好，
特别是翻旧账。将心比心，如果你吃一碗面，
需要重复无数次拆筷子的动作，你还吃得下吗？

女孩走后，留在桌上的便条纸满满地写着“每次都这样，翻旧账、翻旧账、翻旧账，够了没？够了没？够了没？！”笔迹一次又一次地重复，几乎画穿了纸张，就像是无声的抗议，控诉着方才在这个座位上演的戏码。

事情要从一个钟头前开始说。坐在我斜对角靠窗的女孩，戴着耳机低着头安静地抄写着。应该是电话响了，她先是表情一阵困惑，接着捂着麦克风低声地解释着。起先她像是一个客服人员般，有条理地解释整件事的来龙去脉，时而叙事时而抒情，纵使压低音量，整起事件的关键词仍在这个只有几张桌子的小店里嗡嗡作响着。

低气旋压迫着原本就狭小的空间，大概是好歹说尽，渐渐地连女孩脸部的表情也趋于空洞，左手杵着头，右手在纸

张上反复地涂写着，时不时报以“嗯”、“喔”的虚应声。原本阳光普照的窗边，成了暗夜里交易的漆黑房间，除了墙上忽暗忽明的老旧灯泡……

电话的那头是谁？不得而知。这头的麻木却是清晰可见。解释、劝说、敷衍、无感的起承转合，连旁观的我都感到一阵虚脱的无力。女孩走后的桌上，留下了苍白的纸条还有断了半截的铅笔，她的解释与沟通显然只是徒劳。没有画下句点的争吵，日夜累积，或许有一天她折断的就不会只是一支笔。

有人说“吵架是沟通的方法之一”，我认同也不认同。沟通的确是可以透过争吵的方式带来机会，但争吵不应该是沟通的手段。尤其对象是亲爱如家人、爱人这样无法割舍的关系与情感。每次的争吵如果只是徒增伤口，日积月累之下将会变成谁也不愿背负的沉重包袱。吵架没有不好，不好的是你以为打着愤怒的旗号，就可以为所欲为、畅所欲言。要知道即便在盛怒的时候，有些话还是不需要说，有些事不做会更好，特别是翻旧账。

相处的过程中，谁都会犯错。面对犯错的他，你有宽恕与不原谅的选项。在经历争吵、解释、道歉、妥协这样耗心费力的过程后，本以为时过境迁雨过天晴的旧事，又被挖出来鞭尸再死一次又一次。原本的歉意经过无数次的提醒逐渐稀薄，渴望被理解与原谅的心情，由迫切转为无力最后变成无感，两个人之间的信任与爱也被消磨。将心比心，如果你吃一碗面，需要重复无数次拆筷子的动作，你还吃得下吗?

争吵的目的是为了解开误解，提点那些使人恼火的原因。一次争吵没有一次获得，吵架与沟通永远画不上等号，更别期待你们会越吵越亲密。今日事今日毕的道理更适用在争吵上。如果你恰好是有理的那方，也适时地接受辩方无伤大雅的歪理，别因为有理就拆了楼梯，亲爱的人争吵时不需举证，更不要否定彼此细心累积的信任与荣誉感。这不是辩论会，也不是赢了有奖品的比赛，不需要全力以赴、更不用翻箱倒柜地挖出陈年旧账证明谁才是对的。口头上的输赢是一时的，两个人之间的情感希望可以是一世。

透心凉梅汁白玉

苦瓜性凉消火解热，它被喜爱与讨厌的原因都是来自于它的苦味。相爱时的争吵带来了沟通与理解，也带来伤害积怨。苦瓜的苦与爱情中的争吵，虽然无法避免但是却能去芜存菁只留下优点，换个方式吃苦瓜也换个方式吵架，吃点苦瓜消消火，有什么事情好好说。

透心凉梅汁白玉

材 料

白玉苦瓜……1 条

腌梅子（连汁带梅子）……适量

食用薄荷叶……适量

做 法

1. 苦瓜纵切为四长条后，从中横切，以刀细心片去籽囊与白色囊状组织泡冰水至苦瓜变成接近透明的颜色备用。
2. 腌梅子去籽，将果肉切碎（或捣碎）与梅汁混合均匀。
3. 苦瓜切成方便入口的块状，浸泡在梅汁中，食用前拌入切碎的新鲜薄荷叶。

Tips

处理过后的苦瓜爽脆清甜，也非常适合生食，如果没有梅汁蘸色拉酱吃也很适合。每年清明我妈会着手腌起一缸一缸的腌梅子，中秋熟成后分送给我们几个住外面的孩子。碱性的梅汁在疲劳的时候喝上一杯神清气爽，也有开胃的效果。

沉默的争吵

有时候或许沉默可以替代伤害的言语，
但是把该说的说出来，
其实有声音的吵架方式也不算太差。

我们吵架了。

说是吵架，其实也就是加起来不到一百个字的对话。

起因很平常，寻常情侣吵什么我们就吵什么，没有比较特别，只是对话的字数比较少。沉闷的空气坚持了一整天。一开始是愤怒，再来是等待，最后就是不知道为了什么而坚持的静默。或许是佯装也或许是习惯，不说话是我们之间表达不满的最后戏码，紧接在一百个字的情绪言语之后。

先打破沉默的是我，在晚餐时间。饥饿的咕噜声提醒了，自己已经关在房间一整天了。接着是取出车钥匙的哐啷声，铁门虚弱开启、停格了几秒之后发出微弱的上锁音。

车子经过了习惯的街景，开往平时我们会去的海边，塑料袋里装的是我的晚餐，便利商店买来的三明治跟咖啡。其实我不介意你跟着来的。如果在我关上门前的那几秒留白，你出声问“要去哪？”我会说“吹吹风，要一起来吗？”但是你没问，你一向如此。如果我的离家戏码上演了超过了一个黑夜，你会在起床后发短信给我。你会写“出门上班了，如果不想见到我，可以趁现在回家休息”。起初我会有点失落，在阅读不出情绪的信息里找台阶，想解读你除了理性之外的感性。渐渐地你的淡定让我也可以心无旁骛地专心释放我的情绪。

我总是嗤之以鼻地批评着别人的争吵，“吵什么呢？这也好吵？哇！天啊！她摔你的计算机。都几岁人了！”我身段放不下来，心里却很难否认有那么点羡慕。总想着“如果哪天我也摔了你的计算机，不知道你还会不会爱我？”接着自己预设了场景、编导了剧本，但每到开演，却还是选择安静不说话。我一个人坐在防波堤吃着我的晚餐，夜静了，手机依旧沉默不语……

你总是打开门一走了之，在每次的争吵后，连一句伤害的言语都不肯多说，让我连反应的时间都没有，其实你只要开口，我就有解释的机会，但是你从来不肯说，只是把自己锁在房间里任空气冻结。我总想，或许你需要时间消化情绪，那我就安静不吵你。

晚餐时间打开冰箱，里面有一盒凉面，那是你喜欢的，我自己出门剪了头发后凭着记忆找到买给你的，下午问你吃不吃，问题像是丢进海里，房子里只有空洞洞我自己的回音。犹豫着该不该吃掉它，左思右想等我回过神已经站在便利商店的门口。少了你的晚餐吃什么其实都一样，冰箱的凉面我想等你气消了你就会问“喂！我的凉面呢？”我看着手机时间一分一秒过去，我想再多等一会儿你就会回家了。等你回家看见我自己买了饭一定会很开心，开心我懂得照顾自己。

回到家，迎接我的是电视机整点报时的声音，晚间新闻第三轮整点报时的声音提醒了今天刚过去。躺在沙发上的是你，留在餐桌上的是便利商店的塑料袋，握在你手心的是手机。我关上了电视，打开了房间的冷气，把你的手机放到床头充电，轻轻地拍了拍你。

“喂！我的凉面呢？该不会被你吃掉了吧！”

食疗处方笺　泰式色拉

争吵的滋味有许多，苦的、酸的、呛辣的、怪味的。争吵的目的除了抒发情绪，最重要的还是沟通，有时候或许沉默可以替代伤害的言语，但是也有其他方式可以打破沉默。

如果你选择了安静不说话，也记得在最后的最后多给自己也给另一半说出心声的机会。

泰式色拉集合多种滋味于一身。这道菜有香料的刺激，辣椒的辣、鱼露的怪味、海鲜的温润、柠檬的清新，给自己也给他换换口味，把该说的说出来。其实有声音的吵架方式也不算太差。

泰式色拉

材 料

花枝、虾子、蛤蛎、草菇、芹菜、香菜、大黄瓜……切成一口大小

〈调味料〉

鱼露、辣椒、蒜末、柠檬汁、糖……各适量

做 法

1. 花枝切成片状、虾子去壳去泥肠保留头部。草菇洗净后，将上述材料烫熟备用。
2. 蛤蛎以少许水煮熟，保留汤汁备用。
3. 将步骤 1、2 与剩余材料放入色拉碗里，上桌前加入调味料搅拌均匀即可。

Tips

鱼露、柠檬汁、辣椒、蒜末、香菜是泰式凉拌的基本调味，尤其是鱼露。咸腥的鱼露本身味道十分特殊，不论是炒饭、炒菜、蘸酱加上一点，就能让料理充满异国风情。鱼露的用法可以取代菜肴中的盐分，视需要适量地添加少许糖，平衡呛口的咸味。

爱情需要算计

人在购物的时候会衡量价格与质量，在工作的时候会计较效率，做任何事情都有方法，都需要算计，那么爱情呢？

“我知道她爱我，只是方法错了。”在每一次的争吵过后，你总是这样对自己说。

常会接到你气急败坏的电话，接近绝望地问我为什么会这样？

有时来自假日人潮拥挤的家具卖场，有时来自深夜自家客厅，从你们还只是一对恋人开始，一句话、一个眼神都可以是争吵的导火线。人说夫妻吵架是一种情趣，对你来说却是一个深不见底的黑洞。

你说她摔坏你的东西只是为了引起注意，你又说你珍惜她跟了你好多好多年。从大一那年你被心爱的女人甩了之后，她陪你走过人生的幽暗谷底，渐渐地你对她的感谢成了一种无可奈何的责任，而你的退让养成了她理所当然的需索无度。

你总在每一次气急败坏过后替她找理由，说服自己她其实是爱你的，只是用错方法。

我们被教育要爱要珍惜，但是“该怎么爱”却没有标准。渐渐地“因为我爱你”这样的理由，让人无力地吐不出来也吞不下去。妒忌、占有、猜忌、情绪勒索，以爱为名，所有的行为都可以被漂白。

时代走到了一个人也可以过得很好的现在，我想问为什么要选择两个人一起过日子？人在购物的时候会衡量价格与质量，在工作的时候会计较效率，做任何事情都有方法，都需要算计，那么爱情呢？爱情里面应不应该有算计？人们把爱情看得太美好看得太高尚，我想问：“为什么车子旧了老了换新车是一种提升，爱人变了感情变质了，分手却被视为一种背信？”所有理所当然的利益权衡，似乎只要跟爱扯上关系，一切的标准就变了。

人们只允许时间在爱情里有正面的累积，却不容许经年累月负面行为所造成的结果。你可以说我跟她在一起十几年了，我想讲给了你十几年的时间，你还搞不定是不是自己该检讨？人们习惯把爱人出走的责任推给人性里的喜新厌旧，倘若果真是如此，那为了留住自己珍视的情感，日新又新是不是相爱的最基本?

从来没有人告诉过你，爱情里其实没有理所当然地应该付出或应该收获。

我说要在爱情里圆满，算计绝对是必要之恶。两个人有爱，美好的相处不仅是加分而是相乘。古人不是说“夫妻同心其利断金”，因为任性因为情绪所衍生的伤害，比起他人，对于爱你的人来说更是见骨见肉。我想说面对爱人要如履薄冰，因为你所踏出的每一步都踩在他的心口上。忘我投入尽情地相爱之前，先学会算计，当你明白自己所造成的影响，你又怎忍心因为一些小事去伤害爱你的以及你所爱的人?

不要再过度美化爱情了，爱情跟所有的事情不应有所不同，爱与相处是一体两面，有了爱还要懂得相处，而相处的细节需要算计，讨好对方讨好自己，才是在爱情里快乐的方法。想清楚你要的，用爱来维系关系，而不是用时间用责任来困住彼此，要知道，如果在一段坏掉的关系里安分是一种报恩，人不求回报的报恩是有终点的。愿大家在爱里相爱，而不是相怨。

汤豆腐

爱人的心如豆腐，洁白无瑕却脆若薄冰。在台湾，我们习惯白豆腐吃冷的，热热吃通常会调上重味，或卤或红烧。日式的汤豆腐平淡中见好味，做法简单唯重材料质感要好，好豆腐配上好高汤，佐以葱末、柚子粉、山椒粉。这类提味香料在日文中称之为『药味』，药味加得巧可替食材增添风味，下重了抢了食物原本风采，不但不美味还呛口。相爱如此相处如此，分寸拿捏得当，平淡中也可以尝到好滋味。

汤豆腐

材 料

好吃的豆腐……1 块（日式绢豆腐为佳）

高汤用昆布……1 块

山椒粉……适量

市售日式柚子醋……适量

葱末……适量

做 法

昆布放入土锅中垫底，上面放着切好的豆腐后加水开火煮至小滚，以火炉或小瓦斯炉加热上桌维持高汤温度。日式柚子醋装入较深瘦长型的容器中隔水加热。享用时，取出豆腐，配上山椒粉葱末等“药味”，淋上温热的日式柚子醋享用。

Tips

汤豆腐是日本京都颇具代表性的日式料理之一，一般来说会使用较嫩的绢豆腐。不论是豆腐或是日式高汤，都是平淡中见好味的食材。天气转凉之际，我就会特意绕点路，买上一块口感软嫩豆香十足的好豆腐，用小火炉煨着热热下肚，暖暖胃也暖暖心。

爱情需要算计

没有什么事情比我是我
但你爱我更让人感到安心。

多数的男人总是说，把赞美挂在嘴边是一种肤浅的行为，又或者干脆这样讲省事不得而知。但是其实这些选择性不说与说错话，听在女人耳朵里面根本不是这样一回事。

你在女人面前赞美其他异性，冷不防被另一半酸。你说她长得漂亮，我说“你喜欢、我也可以打扮成那样”。你回我“人家是天生的”。我听起来就变成“你天生不足怎样打扮都不会变那样”。你会说我哪有那个意思，但是要知道女人一旦断章取义的机制被启动，所有的言语就会被自动翻译成其他意思。

问你穿哪件衣服好看，你说“我爱你不是因为你的外表”。听在我耳里就变成“你没有外表可以爱”。问你头发留长留短哪个好，你回我“你爱怎样便怎样”。我听起来就变成“怎样都好，反正看在我眼里都不会变美”。在我火冒三丈之后，你赶紧补一句“你是美的，尤其是穿那件红洋装”，以为这样可以平息我的怒气，但是这句话透过空气传导几千分之一秒后，传到我耳朵其实变成“你只有穿那件洋装才勉强跟美攀得上边，因为衣服美”。

男人会说，我们的爱有这样肤浅吗？的确有，女人在这方面的确肤浅得无药可救。当然我们也都知道美这东西很抽象，问题就出在抽象这件事上面，谁也懂美只是一种普世的价值观不是全面的，是抽象又包括个人主观的。但是每个女人都希望自己心爱的那个人，恰好他的主观就是觉得自己美得金光闪闪。

是的！千万不要以为，你对她说“我爱你的心地善良、我爱你的个性、我爱你的能力”，这些话会让女人觉得，“天啊！只有你懂我。”听在我耳朵里前面还得加上一句话“虽然你不美，但是我爱你的心……”多数的女人其实最喜欢被称赞的就是那肤浅又表面的“你好美”。令人纳闷的是，这些肤浅的言语，男人可以轻易地用来赞美电视上的明星、路上走的路人，却对自己的爱人难以启齿！

女人天真地认为，你真的爱我我就是你眼里最美的！你会说怎么可能！对，的确很荒谬，事实就是在女人心里，一切的价值都不及她生下来就是美。即便女人自己明白你只是哄她开心，但是就效益上来说这句哄她的话，比你义正词严地说“我爱你不是爱你的外表”来得讨喜又窝心。

但是你千万不要以为，每次都说“你好美”就可以平安度日，说话时还是配合一些表演。她问你穿哪件好看，你要放下手边正在阅读的书报，把视线移向他，略略歪一下头做出熟虑状沉思三秒后说“上次那件绿色的很配你的白皮肤”。这句状似理性的分析，进了女人的脑袋后马上变成“你记得我上次穿过的那件衣服，你看见觉得我很美，我买的美白保养品生效了”。

你或许觉得奇怪，许多女人都会把第一次约会的细节铭记在心，那是因为在那一刻彼此尚在一知半解的关系时，她自己与生俱来所拥有的外表吸引了你。而这个瞬间不是因为我后天的努力，不是因为我后天修养的内涵，而是我生来如此而你接受并且喜爱。没有什么事情比我是我但你爱我更让人感到安心。如果你还是不懂，不服气要靠这些话来讨她欢喜，那让我告诉你：天底下没有白吃的午餐，想要欢喜度日照做就对了。

食疗处方笺　三分钟日式红豆汤

我从女孩变成一个女人那天起，我的母亲在我生理期的时候总会煮上一锅红豆汤，而在日本女孩初潮来时妈妈会煮赤饭（红豆饭）庆祝这个日子。不论在日本或是华人世界中，红豆除了爱恋相思的红豆生南国之外，在食补上更是女性朋友的好伙伴。小时候妈妈煮一锅红豆汤需要先泡水再花时间煮，教大家一个偷懒的小手段，让男性朋友也能不费力地表达关心与爱意，讨好另一半其实不难，难在你有没有找对方法。

三分钟日式红豆汤

材 料

红豆沙（粒）罐头…… 2 大匙

热水……150cc 左右

鲜奶油球……1 颗

日式麻薯……1 块

做 法

1. 将罐装红豆沙以热水调匀后，以小火煮至小滚即为红豆汤。
2. 将干燥的日式麻薯置于干净的平底锅上，以小火慢烤两面至表面上色膨胀。
3. 组合两种后，淋上适量的鲜奶油球让甜味更有层次。

Tips

煮熟调好的罐装红豆沙或是罐装红豆，可在日式超市取得，可依照喜欢的口感选择红豆沙或是红豆粒，开封后妥善保存，可以放一阵子。临时想吃红豆汤又不想等待的话，是一个很方便的选择。由于本身甜度很高，所以加热前先以热水调匀可以避免焦锅，也可以加入牛奶煮成红豆牛奶口味。一般在日本品尝红豆汤时会随着附上一杯茶一小碟酱菜，用来中和口中的甜腻。

两性之间的关系，比较像是合伙生意，
在拥有彼此股份与相同目标的前提下，
共创最大利益。

手机铃声响起之后，原本闹哄哄的客厅顿时一片死寂。

“等我妈睡了我就回去。嗯嗯，知道了！ ByeB！”挂上电话，电视机的静音键解除，挤满了人的客厅又开始爆出游戏的厮杀声。大家已经很有默契，每当小高的手机响起了命运交响曲时（老婆大人专属铃声），自动将环境变成“妈妈家模式”。

小高是独子，小高的老婆跟婆婆不和，所以小高妈妈家就变成了一个方便的晚归理由。一来是因为无从查证，再来就是偶尔回妈家吃晚餐似乎也找不到可以说 NO 的立场。这个晚上小高回妈家吃饭是谎言，窝在大学同学家打游戏机是真相。

其实在小高习惯用借口去掩盖这些一点都没有说谎价值

的真相之前，小高的老婆大人也会出现在这群人的聚会里，通常只有一个结果，就是老婆大人在绷紧了一整个晚上的脸之后，最后生气拎着包包扭头就走，弄得大家好不尴尬。你会问到底哪里出问题？就苦主本人的说法是，大家兴高采烈地讨论一个她听不懂的话题，她强烈地感到被排挤。

结婚誓词的最后一句是要对彼此忠实，婚前爸爸对你交代的那一句话是，夫妻之间没有秘密是假的。爱侣间虚虚实实的罗生门，究竟是谎言造成彼此不信任，还是因为不信任所以才有谎言，是一个值得玩味的问题。

说谎远比坦白来得难上许多，拙劣的时间轨排列与事件突发合理性的铺陈，让平淡的事情变得好可疑。怀疑远比相信花力气，找寻疑点、推敲证据，让本来很可爱的另一半变得好可恶。其实多数的事件需要的不是谎言的包装，而是让另一半学会尊重你和你的社交。而少了你参与的活动也不需要生气，你可以学着与他同乐，或者学会尊重他也有自己的事情。

两性之间的关系，我觉得比较像是合伙生意，在拥有彼此股份与相同目标的前提下，共创最大利益。而这份利益发展的极限将会替两位带来财富，带来幸福人生。虽然说起来好像很简单，但是多数的关系都是砍掉一半的自己，去拼凑成一个其实怎样都不可能完整的新人生。一开始或许还算协调，经年累月难免吃力不讨好。

相爱其实就是一加一等于二的问题，有了完整的自己才能懂得尊重相异的另一半，有了完整的自己才能有筹码与另一个人交换他所拥有的。很多人在谈了恋爱步入家庭后，没了朋友没了社交没了嗜好没了自己，难免怀念起单身时期虽然没有枕边人做伴，却多了很多空间与时间。其实这些一点都不抵触，相爱不是非得要削足适履，每天形影不离也不能保证白头到老。试着在两人世界里多留一点尊重与权限给他给自己，明白你所扮演的角色是伴侣而不是他的全世界。相信我，福利好又赚钱的公司不会有人轻易离职的。

食疗处方笺　蜜洋梨生火腿

蜜瓜生火腿是很常见的意式开胃菜，我第一次吃这道菜的时候是我二十五岁那年。那天点这道菜给我吃的男人对我说，蜜瓜与火腿是两种截然不同口感与调性的食材，看似不搭但是没想到配在一起却有绝妙的好滋味。正因为一甜一咸、一软一韧，组合起来送进口里产生美妙的平衡。两个人相处也是如此，你不需要勉强自己变成蜜瓜，也不要对方变成你，懂得尊重两个人的差异，我们要的是好的组合，而不是勉强凑在一起。蜜瓜在台湾有产季的问题，不是每次想吃都能买到恰好熟度的蜜瓜，我把食谱稍作改动，使用糖渍过的西洋梨，保存容易。想吃的时候，花个三分钟就是一道好看好吃的开胃菜。

蜜洋梨生火腿

材 料

生火腿……数片

西洋梨……5 个

冰糖……120g

水……1 杯（水跟糖的比例约为 3：1）水量以注满量杯为止的分量

香草豆荚……1/2 根

白兰地或者朗姆酒……1 小匙

柠檬汁……1 小匙

做 法

1. 西洋梨去皮去子对切。
2. 冰糖、香草豆荚连荚带籽加入水中煮至冰糖融化。
3. 放入西洋梨煮至梨子转为略略透明的状态。
4. 待凉后煮好的西洋梨装入密封容器，舀取适量汤汁注满容器以冷藏保存。享用前与市售生火腿组合即可。

Tips

买到甜度不够或是熟度不够不甚美味的水果时，以糖水煮渍是一个变通的好方法。材料中的西洋梨也可以用梨子替之。煮好的梨子除了可以用在这道菜当零嘴，或是搭冰品享用也很美味。

既然医不好也没必要在手术后再留个线头在身上，等时候到了，时过境迁该是你的公道，该被理解的误解都会有答案。

挂了电话之后我才想，怪不得vivi很久没有出现在你的话题里了。

我其实不认识vivi，这样说好像有点奇怪，因为vivi就像是你生活里的一部分，总会不经意地在话题中被提起，或者是上周末的那场电影，或者是每日早餐的三明治评论。vivi都不是主角但却是你日常里的最主要第三人称。我正想着是不是闹别扭了，你就打电话气急败坏地说："那个疯子竟然删了我的Facebook！"你气结地爆了粗口问我："到底有没有天理啊，我是惹到她哪里？"从你异常的愤怒里我读出，你其实被冷淡很久了。而直到今天你心里那团暧昧不明的疑云终于有了天晴，只是没想到你自以为多心的那些假设确是真的！

你不可思议地说："大家都成年人了，非得用这种烂方法吗？""朋友一场有必要这样绝吗？"说真的这种事很平常，几乎每隔一段时间，类似的事情就会发生在不同的两个成年人身上。也或许大家都以为自己是成年人，所以有些龃龉，与其小气地说出来，不如大方地吞下去，吞多了卡在喉头，直到吞不下去却也吐不出来的那一刻，暗地单方面割席断交便成了似乎看起来最文明的解决方法。

面对被疏远，你问我该怎样做？其实你比较应该去问问疏远你的她是不是有什么误会，当然也其实多数的"他"不会给答案，要则避而不要则敷衍了事。不过厘清误会这个动作的重点不是真的能厘清什么误会，而是给彼此多一个机会，对于断交这事有后悔的窗口，而你也适当地传达了你重视她感受的态度。虽然多数会走到非得要断交的误会也不是一问一答就能解决。

问了没答案之后，接着该想的不是为什么他不理你，而是在这个骤然被画下的句点之后该怎样让彼此好过一些。我一直相信古人说的山水有相逢，不管你的角色是哪一边，让所有的情绪都暂停在此刻，是最好的态度。

谁也不要再去追踪谁的消息，不要苦苦寻找答案，有些时候眼不见心不烦是最好的解决方法。既然医不好也没必要在手术后再留个线头在身上，等时候到了，时过境迁该是你的公道，该被理解的误解都会有答案。

人与人之间的相遇，有些是应命而来，有些却是应运而生，姑且把这些深深浅浅的缘分当作是满足生命中各种需求的契机，有些事情当下不一定说得清楚，有些事情其实也不需要有答案，存封交好时情感的方法有很多种，除了常伴左右以外，也有一种叫作不打扰。

而如果你的角色恰好是画下句点的那一位，这段关系中最难的部分已经完成了，如不想再累积两个人之间的感情债，就干脆让自己真的释怀，若是还有抱怨就说给当事人听，让他明白你疏远的理由，世界很大也很小，把那些属于情绪的枝微末节留给时间，替彼此保留一些过冬的柴薪，留待生命里的寒冬到来时烧了取暖。

食疗处方笺　迷迭香烤香鱼

我喜欢吃鱼，但是我绝少与人分食一条鱼。因为只有一个人吃一条鱼才能专注地品尝鱼的美味。吃鱼这件事对我来说从下筷子的第一口开始到最后，整个过程是一种享受。而我的坚持是吃完一整条鱼的肉，留下完整的鱼骨。或许对有些人来说这是一种接近病态的偏执，但是不得不承认许多时候，管好自己盘子里的鱼不啻为与人相交最基本的态度。当你专注地吃完一整条鱼，你会发现原来骨头的形状真漂亮。那些无法当下解决的解释留给时间，用耐心等待一个最后的答案。

迷迭香烤香鱼

材 料

迷迭香……1 小把

香鱼……1 条

粗盐（或盐巴）……少许

做 法

1. 香鱼洗净大略擦干表面水分，将头尾鱼鳍的部分抹上盐巴。
2. 迷迭香垫底，上面放上步骤 1 的香鱼。
3. 以事先预热 200℃的烤箱，烘烤 12~15 分钟即可。

Tips

在某些高级的日式料亭吃香鱼的时候，会有去鱼骨的特殊服务。侍者会以筷子轻压鱼身，拔除鱼鳍，将与尾鳍相连的鱼肉切开后，从头部以巧力拉除一整条完整的鱼骨，保留完整的鱼肉。有兴趣的人不妨在家中自己试试看。

BEAUTY
35

疗程二

待处理・丢不掉・不想丢

把伤心放在心里，原本该撞上门的快乐就会被你关在门外。

暧昧这个如此暧昧的名词，就算在每个人的心里面定义也都如此暧昧如此不同。

女孩低潮的时候你陪了她好一阵子。师大路的小酒馆是你们最常约会的地方，她总会在喝到半醉的时候靠着你的肩膀甜甜地笑，对你说“还是你最好”。女孩的男友在她口中是个不可靠的男人，举债开了间小餐厅，不到三个月就关门大吉，还连累了她一起背债。相约了好一段时间，你琢磨着时机应该是成熟了，就在你精算了女孩的债务后做了一个对大家都好的决定，你说让你们一起努力清偿，开始新的人生之后，她给了你一脸错愕的回答：“我想，你误会了！”

你义愤填膺地问我“这是哪招”，你左思右想不得其解地产生好多问题，难道自己比不上那个她口中不负责任的男朋友？难道这些话只是她欲擒故纵的手段之一？难道说时机还没成熟，打草惊蛇了？难道这？难道那？最后还补了一句：“如果不喜欢你，为什么还约你喝酒谈心？既然没有想要交往干吗不一开始就说明，浪费彼此的时间？”你问我这算不算是利用，其实我真的不懂，所谓你心里被利用的定义到底是什么？你一口气问了我好多问题，其实答案只有一个，而且她也很清楚地告诉你了，那就是“她没有想要离开她男朋友”。至于答案是什么？我想你问不出你想要的答案，就算她说了真话其实我一开始就没有这打算，我想你也不会接受。毕竟你先入为主地把女性动情的行为模式化了。

暧昧这个如此暧昧的名词，就算在每个人的心里面定义也都如此暧昧如此不同。严格说起来，就算结果不是你想要的，也不能说是浪费彼此的时间，毕竟在过程中你其实也挺乐意的，毕竟与她相约喝酒谈心的那段时间，你着着实实地快乐了一阵子。至于你问她是不是存心利用，往好的方面看，至少你还有利用价值。

男女之间是这样的，小时候交往的两个人容易配成对，长大之后条件相当互补长短的容易走到最后。但是这些都有一个先决条件就是生理上的吸引。这没有准则，也没有理智，纯粹就是出自本能的性吸引。但这也不表示长得帅的就吃香，毕竟帅或美是一种很抽象而且很主观的意识形态，这也就是有时候就算理智地知道跟了谁会永葆安康顺风满帆，还是很难随着社会价值去挑选对象的原因所在。

所以我想说的是遇到这样的事情，你其实可以不要问为什么，接受最后的结论就好。顶多下次再遇到怕自己又浪费时间，一开始问清楚就是。你的例子一点都不稀奇，满街都是，只是你太认真了。男人需要几个红粉知已听自己说话，女人想要一个可以施展魅力的忠实听众也不奇怪。只不过我再也不想听到你说“浪费你的时间”这样的话，也不想三个月以后还听见你说同一件事情。男人嘛，有时间在一个不爱你的女人身上开检讨会，不如趁机找下一个对象，看是要约会谈心还是要朝朝暮暮，都远比你现在这样盲目乱猜有效率。

轻巧日式猪排

酥炸的食物讲究速战速决，刚炸好趁着烫口时下口，才是享受。也讲究油温，不同的食物用不同的温度，炸汤圆用中火，温度太高汤圆就爆了；炸天妇罗用中大火，冷油下锅面衣就沉锅了。追女孩子也是如此，把握机会趁热打铁，有的女孩子要用耐心追，有的用热情，其实真的没有太难，当然看准什么材料用什么油温也是很重要的。这一篇分享吃了不会胖，做起来没技巧女孩子都喜欢的健康炸猪排。

轻巧日式猪排

材 料

板蒟蒻……1 块

薄切猪五花……数片

面包粉、面粉……适量

鸡蛋……1 个

高丽菜丝……适量

日式猪排酱……适量（或以黑醋：西红柿酱 =1 ：1 的比例调匀），可依喜好加入现磨的白 芝麻增添香气。

做 法

1. 板蒟蒻洗净后以热水淋过，去除表面黏液与怪味后对切。
2. 高丽菜切丝泡水备用。
3. 以猪五花肉片包裹蒟蒻至完全看不到蒟蒻为止。
4. 将步骤 3 依序蘸上面粉、蛋液、面包粉。
5. 将适量色拉油倒入平底锅中（不需要太多）放入步骤 4 中的半成品，以煎炸的方式炸至两面金黄即可。

Tips

据说会下厨的男生很受欢迎，学会几道可以招待朋友的菜备用一点坏处也没有。传统的日式炸猪排要炸得好吃虽然不难，但是对初学者或许有点难度，改良一下将厚厚的猪排改成有分量的蒟蒻，不仅好吃健康，更重要的是油炸时不需要技巧，只需将表面炸熟就可以了。

爱情值不值得相信，其实还没找到答案。但是可以确定的是，在恋爱的过程中。属于我参与的那个部分，真实存在过，谁也拿不走。

我想我应该是失恋了，我无法从经验判断，因为这是我的第一次。

或许你会说我想太多了，我也希望是这样。在放了一个寒假之后，一切都改变了。他不再像从前一样，在上学途中的早餐店等我，也不打电话给我，Skype 也显示脱机好长一段时间。我问他是不是要分手了，他也不回答，只淡淡地说要考试了很忙没时间谈恋爱。虽然我没经验，但是听了也知道是借口，从我们进这所学校以来，有哪一天不需要考试？

我也想他是不是有新对象了，不过我没发现有谁出现在他身边。但是我知道他不爱我了，像是胸口被挖了一个大洞一样空空的。我从来没有经历过这样的事，只觉得好难过好难过。谁可以告诉我，难道爱情就是这样不值得相信吗？我到底哪里做错了，为什么他要这样对我！

这是记录在某个小女孩日记里的某一天，或许看到这，有些妈妈会跳出来说，书不好好念，谈什么恋爱？！但是我却还记得在我的日记里，也同样有这样的日子被记录下来。

知道吗？我的第一次失恋在国三升高中的时候。虽然很快就有了新的玩伴，但是那个离开我的男孩子，在我的心中至今未曾消失过。在不同的阶段里我都会想起他，他给我的一切就像是我的老师一样。他让我学会快乐与心痛，还有很多其他的感受。

我找出尘封在角落已经泛黄的日记，打开锁，找到那天，在空白处对自己说，亲爱的，在多年后的今天，爱情值不值得相信，其实还没找到答案。但是可以确定的是，在恋爱的过程中，属于我参与的那个部分，真实存在过，谁也拿不走。在漫长的人生里，不论谈了多少次恋爱，最后的最后，只会有一个人会守着自己陪伴自己，所以换个角度看，我想说声恭喜，在年纪轻轻的时候经历了失恋这件事情，而不是等到七老八十失去了站起来的能力才尝到痛。

这一路上，虽然我享受爱与被爱的感觉，也在每个空窗时期期待爱情的出现。但是我也很清楚地知道，在所有的情感当中“爱情”是最没道理的。虽然真正的爱里面包含了许多，例如责任例如承诺，但毕竟都只是理想。一直到今天他不爱的理由，对我来说还是一个无解的谜，但是我很抱歉必须这样说，不爱就是不爱了，爱恋可以在一瞬间发生，但是不爱却是很多点滴的累积。

生命有很多阶段，或许对现在的你来说，每个阶段的样貌还很抽象，但是在今天我回头看到过去的自己，我会觉得有过失恋的经验真好。失去过才知道拥有的可贵，一旦知道失去的痛苦，就更懂怎样牢牢抓住不能失去的。越早学会这个道理，在感情的路上走得越平顺。虽然这样的过程有点残忍，但是在找到最后的那个旅伴之前，每一段感情都只能算是练习。依稀记得有一首日本老歌“北酒场”，有句歌词大概是这样说：“拥有过多少次心碎就有多少温柔。”

男孩子在追求女孩子的时候，就像是孔雀一般。公孔雀在求偶的时候会奋力展开自己美丽的羽毛，让世界看到自己最美好的一面，以博取异性的青睐。所以，在与每个男孩子交往的时候，透过他们我们可以看到不同的世界。把眼睛看到的牢牢记住，最后一定会找到自己要的，属于你的 Mr. Right。

食疗处方笺　日式照烧鸡腿饭

失恋的小女孩，你现在最需要的就是吃饱饱睡饱饱，养足体力面对这个世界给你的挑战。今天晚上我要做一道元气十足、开胃又营养的盖饭喂饱你们，希望每个小女孩吃饱之后乖乖去睡觉，一觉醒来发现这世界值得探索的事情还很多。最后请给自己一个大大的拥抱，要爱自己，更爱自己一点。

日式照烧鸡腿饭

材料

去骨鸡腿……1只

配菜……适合烧烤的青菜，以水汆烫后备用。

酱汁……酱油：味醂 ：清酒 ：糖 = 3：2：1：1

做法

〈照烧酱〉

将所有酱汁材料放入小锅中，以小火煮至小滚后熄火备用，若希望成品色泽晶亮可适量加入一小匙麦芽糖，或无添加其他风味的纯味蜂蜜。酱汁多做可以冷藏存放。

1. 去骨鸡腿轻轻以按摩方式将两面抹上薄盐后，以刀尖或叉子刺穿鸡皮表面。
2. 使用平底锅干煎鸡腿至8分熟，两面酥脆金黄。
3. 滤除平底锅内多余油分，放入预先准备好的蔬菜，加入约1~2大匙照烧酱以小火煮至两面上色，酱汁收干。

Tips

在失恋的日子里，转换心情是很重要的。暂时丢下书本与灰色的天气，学着妈妈上市场，替自己准备食材，这道菜简单好做色香味俱全。吃饱饱你会发现一顿饭的时间，天晴了。我说只要你吸取教训，下一个男人肯定会更好。

悲伤有悲伤存在的意义。就像是一个仪式一样，人相遇了分离了，缺了耽溺在悲伤这一段时间，故事就不算完整。

这一阵子，你总一不留神就发起了呆，挑食的你吃着不知道以什么为基础调味的食物，也不再发表意见。这一阵子你安静的时候多，说话的时候少。问你好不好，总是笑着说总会过去的。你还是笑，只是浅浅的，微笑还挂在嘴边，眼眶又红了起来。

你在初夏的时候带他来见我，手牵着手。夏天还没走，你又只身一人，我走在你身后，望着你的背影才发现，瘦了一大圈，你自嘲地说自己瘦点好看。

好不容易你开口说，竟数落起自己来。你说自己不够温柔、不够体贴、不够开朗、不够自在，没能给他快乐，让他有压力，所以他离开了。于是你夜夜不能成眠，看着远方到天明。无时无刻一有空闲，开始细数着共有的回忆，一封又一封简讯，翻箱倒柜地从记忆里寻找线索，猜测着被迫分手的理由。看我在一旁愤愤不平，你却对我说，不怪他错在你自己。

每个人都会遇到情殇，或许是自己也或许是身边的人。我们总会用各种方式希望自己或身边的人可以早日解套。所以我们苦口婆心地劝，或激励、或分析、或者是当头棒喝，希望可以一棒敲醒，不愿意跟分手下定决心分手的人。

当然走出悲伤的方式有很多，但总有一天身为旁人的你会知道，悲伤有悲伤存在的意义。就像是一个仪式一样，人相遇了分离了，缺了耽溺在悲伤这一段时间，故事就不算完整。分手后的失魂落魄，就像是悼念一段过去一样，透过这样的拖延，找到一个可以说服自己的答案。

因为我们都知道一旦离开了这个状态，曾经就只能变成了曾经。而我们再也没有理由停下脚步拒绝往前走，就得要重新开始适应一个没有他的生活。

对于失恋的人来说，与其说他们在悲伤里痛苦着，不如说他们情愿让自己停留在最后的状态当中，让这段感情能够有始有终。而当这个状态终了后，这个结束不再是别人给的，而是自己可以给自己的，在这段过程里，失恋的人不断辩证，不停衡量，拿捏着还可以承担多少伤心。被迫分手的那一方，也只有在这个结局里才能自己做决定，最后的最后，她将不再是被甩掉的那一方，而是决定开始新生活的那一个。

多数人有求生的本能，还有能力悼念过去那就表示她还活着。所以如果你身边恰好有人也刚失恋，恰好她也郁郁寡欢伤心度日，随她去，让她痛个够。不要再跟她说人生大道理，也不要试图否定她与另一个他共有的曾经，你能做的就是倾听，不厌其烦地听她重复说着一个其实已经走远的人。多给她一点时间让她可以跟回忆温存，或者陪伴她吃一顿饭，或者带她出去走走，但是记得她总会好起来的，不是因为你说动了她，而是她找到了自己要的答案。

食疗处方笺　鳗鱼笋丁炊饭

失恋，是生命中不可承受之轻。听起来屁丁点大的小事，却着着实实得消磨心智。旁观者的你很容易看懂了这些终究会过去，于是你着急你心疼你看着自己重视的人日益憔悴，急于让她走出这个黑暗幽谷。其实你需要做的只是默默守护，要不要学学我，也煮一顿营养的好吃的让她有体力撑着继续做悲伤的自己。据说鳗鱼的性别是后天决定的，环境的影响需求让鳗鱼演化成恰适的性别；在干净的河川中成长，鱼苗却是在海中出生，鳗鱼生命历程比许多鱼类都精彩，这也是它不易被养殖、价格年年居高不下的原因。生命中的每一个困境或许会留下伤口但却也丰富了你的人生，你说是吗？

鳗鱼笋丁炊饭

材 料

蒲烧鳗……1 尾，切成小段约小指头左右

竹笋……1 小根

四季豆……烫熟后斜切小段备用

米……1 杯

山椒粉……适量

〈调味料〉

酱油……20cc

白糖……1 小匙

水……180cc

上述调味料混合均匀

做 法

1. 将米洗净后加入已混合好的调味料中浸泡 30 分钟左右。
2. 将竹笋烫熟去苦味之后切丁，加入泡好的米中搅拌均匀放入铁锅中。
3. 将切好的鳗鱼置于材料的最上方。
4. 开大火，煮至锅中水边缘沸腾，盖上锅盖转小火焖煮 13 分钟左右（可视锅中残水分量增加 2 分钟左右）。
5. 小火焖煮 13 分钟后熄火，不要掀开锅盖静置 15 分钟左右，可撒上四季豆丰富色彩增加口感。
6. 可酌量撒上些许山椒粉增添香气。

PS. 铁锅具有保温能力良好的特性，很适合用来炖煮或是焖煮东西。如要煮白米饭将泡好的米从步骤 4 开始操作即可。

Tips

鳗鱼在日本除了是高级食材之外，也是夏日补充精力来源的好食物。每年在夏季的“土用丑日”这一天，传统的日式食疗会吃鳗鱼。有营养的鳗鱼加上爽口的笋丁，小铁锅一煮就是简单又营养的炊饭。比起一整桌眼花缭乱的饭菜，这一小锅好吃开胃有营养，最适合给脆弱的她加油打气。

倒数第二个女朋友

其实爱情里本来就充满了算计。
从情窦初开到反复练习，到了开花结果的年纪，
谁都在寻找可以套入自己公式恰好的人。

午餐约会后，我们散步在初春的台北街头。你平静地对我说："他，下个礼拜结婚。"我忍不住震惊，连呼这也太扯了。就像是说给自己听的一般，你淡淡然地说："不会啊，我一直都知道他是想安定下来的。"我惊讶的不只是他要结婚，我更惊讶你可以忍下一顿饭时间的悲伤神色自若。

你是他倒数第二个女朋友。而他是你刚分手半年，曾交往两个多月的前男友。在公园的长椅上，看着你平静地落着泪，我才知道原来他一直都没离开过你的心里。我只知道你这阵子开始有了到庙里跟妈祖说话的习惯，却不知道你祈求的是让他回到你身边。

就像多数的长女一样，你有着超龄的稳重。别人的问题到你手边总是可以迎刃而解，自己的心事却总是藏得很深，

包装得很好。你要我不要怪他，都是你不好。恍恍惚惚的就像梦呓一般，你述说着他与她的现况。这些对你来说，都是曾经唾手可得却又擦身而过，梦想中的小小幸福。你问我是不是自己不够好。接着又对自己说，都是自己不好，都是自己对他不够坦率，不够敞开胸怀。午后台北的雨淅沥沥地下了起来，我们都已经散步到你家门口，你却执意送我到大马路叫车。亲爱的，这就是你啊！

回家的路上，你对我说过的话，一句句在我脑海里挥之不去。男孩不停地寻觅可以落脚的地方，在你之后他很快地安顿了自己，于是你在短短的几个月之内，成了倒数第二个女朋友。男孩把择偶的公式复制套用，很快地他知道他的公式解不了你跟他谱出的算式，于是转眼一瞬之间他放下，寻找下一个目标。错不在你，因为他的公式不是为你量身打造，也不是为了谁人设计，只是恰好，恰好他的公式套在下一个女孩身上解开了题目，恰好他在寻寻觅觅之后，找到了符合他计算公式的人。

你当然可以难过，但是请不要自责。你有你的美好，你责备自己的那些缺点，都只是因为你太在乎对方的感受，太难在爱情里享乐不计后果。那些无法滋养你，让你的甜美表露无遗的缺憾，都只是因为在他的这套公式里面，并没有加入这个元素。放弃的结果是一开始就加入的必然答案之一，而谁或许都是套在公式中的A或B。他选择放弃是一件多简单的事情，而你却选择相信，错在你自己？

其实爱情里本来就充满了算计。从情窦初开到反复练习，到了开花结果的年纪，谁都在寻找可以套入自己公式恰好的人。一拍即合闪电结婚的发生在这个年纪，一翻两瞪眼火速分手的也在这个年纪。我想说，你的美好需要被懂你的人发掘。如果说你问我，你错在哪里？我想说，多给自己一点练习，练习在爱情里做自己。说你想说的，做你想做的，不要再把自己天真耍赖的那一面收起来，有时候不计后果放纵与享乐，才会让彼此在爱里感受需要与被需要的共存联系。你不只可以被需要，你也应该换个角色让别人感受到你的需要，好吗？

食疗处方笺 咸豆浆

听说，你好久没睡好了。夜里总是辗转反侧。也听说，你好久没好好吃一顿饭了。乍暖还寒的初春，我想喂饱你，让你暖乎乎地好好睡上一觉。吃点咸豆浆吧，早餐常见的咸豆浆，轻巧又暖和，吃完之后放下心事，安安稳稳地进入梦乡。

咸豆浆

材 料

无糖豆浆……200cc

水……100cc

白醋……1 小匙

柴鱼粉……适量

榨菜切碎……适量

青蒜苗切末……适量

虾米……适量

辣油……1 小匙

油条……半条

做 法

豆浆与水的比例为 2 ： 1。

1. 水加入适量的柴鱼粉，煮滚后转小火加入无糖豆浆与切好的榨菜。
2. 豆浆微滚熄火后加入一小匙白醋搅拌均匀。
3. 加入切成小段的油条（油条使用前先用烤箱低温烤过）。
4. 加入虾米、青蒜末、辣油即可。

Tips

咸豆浆是来自父亲的记忆。孩提时期的记忆里，星期天的早晨父亲总是带着我们到街角的豆浆店，他会给自己点上一碗咸豆浆，一套烧饼油条。长大之后的某一天，食欲不振加上彻夜未眠，恍惚没有胃口却又知道不吃不行的状况下，我也给自己点了一碗。自此这也成了我的中式早餐的固定菜色。我想温暖我的不只是食物，更多的是来自记忆里父亲的习惯。（PS. 我爸活得好好的还没死）

轻熟女的情绪抽屉

有些事情不必勉强，放不下的就好好收在心里，
伤了心就好好痛上一回，没有
遗憾的人生未必最美。

周六晚上，台北东区巷子里的角落边有个女孩，大声地对着跨骑在机车上的男孩又哭又喊，用尽全身的力气咆哮自己的情绪，面对茫然不知所措的男孩，自顾自地，就像是要毁灭全世界般地哭喊出自己的心情。

年轻的时候所有的情绪，好的坏的通通放进一篮，虽然有点杂乱却也不大有影响。新鲜事来得太快，总能迅速地填补旧伤口，伤了心睡一觉就好，跌倒了拍拍屁股再爬起来。渐渐地，开始懂得把情绪分装在不同的抽屉里，有规律地把时序分成过去、现在、未来，把生活分成工作、别人、自己。

在那些难以分类抽屉上标着待处理、丢不掉以及不想丢。而在最底层刻意留了一个不显眼的空间，给那个已经过去却又过不去的人事物，小心翼翼地，连标签都不敢贴上这个抽

屉，上了一道又一道的锁，就怕冷不防地在整理的时候误闯禁地，坏了维持不易的和谐。对于一个自诩是成年人的人来说，和谐比什么都重要。

底层的抽屉，就像是手机的通讯簿一样，有些人一辈子都不会再联络，却也总在每次换手机时，一股脑地把所有电话号码移植进来。总在心情好的时候，幻想着哪天可以拨通号码，问候一下那个人，这些年过得好不好。年轻的时候有些教训明知不该忘，却也记不住；年事稍长，有些小事明知不该计较，却也忘不了。

在记忆还鲜明的时候，总是自信满满地想着，时间跟尘埃肯定会让抽屉的锁，锈到再也打不开，我们需要做的就只是等待。经验的累积让我们有了信心，相信时间会冲淡一切。日子一天天地过，总会有些时候你以为再也没什么大不了，亲手打开了一道又一道的锁，抽屉都还没打开，胸口的那一阵酸，让自己知道伤口一直都在。慌乱地关上抽屉，想找出解决的方法，好让能装进心里面的都是有用的东西。你用各种合理的公式算计着损益，说服自己。无数次在辩证中自嘲，期待着灵光乍现，清空抽屉时的解脱。

最后的最后，你只能再度收拾好情绪，替抽屉又上了锁。

一面懊恼自己的不争气，一面庆幸着这些痛心的转折，只有自己才明了。关了灯，在黑暗擦干眼泪，等到天明给自己重新上过妆，面对全世界。

于是我们失去了用尽全身力气咆哮的勇气，失去了不顾一切的泼辣，开始羡慕起街角边燃烧生命的小女孩。看着她和他在闹区上演着青春，明知人生苦短，却怎么样也没能力，拨通那个想忘也忘不掉的电话号码。

我说啊，有些事情不必勉强，放不下的就好好收在心里，伤了心就好好痛上一回，没有遗憾的人生未必最美。姑且把这个抽屉当作成年人的浪漫，期许有一天烧了抽屉温暖你冰冷的冬天。你说今年的春天花还没开就谢了，我期待下一个春天你的伤心发了芽开成繁花遍野。

事实就是，不管你播下的种子长得好不好，都得收获；不管你的仓库里装的是什么，且让我们把这些当成材料，煲一锅汤慰劳一下自己。

食疗处方笺　鱿鱼花生炖肉片汤

煲这个字在字典中的解释就是文火慢炖。煲汤需要耐心，让小火把材料的精华缓缓煲进汤里。一锅汤里有着各种材料，一开始或许不协调，煲着煲着酸甜苦辣全融合成了一味，这一味需要的只是时间与耐心。等待的时间很漫长，但是总会有熄火上桌的时候，不论你好或不好，用这锅汤温暖我们抽屉里的伤心。

鱿鱼花生炖肉片汤

材 料

带皮花生仁……1 小碗，泡水备用

猪五花带皮……半条约 15 公分长，切片备用

干鱿鱼……半碗，洗净后剪成拇指般大小片状

米酒……1 大匙

洗净的白米……1 小撮

PS. 可以视喜好放一点陈皮或是当归

做 法

将五花肉用热水氽烫后与其他材料一同放入锅中，以大火煮滚后捞掉表面泡沫转小火慢炖 3~5 个钟头，煲至花生软烂之后就即可享用。

Tips

小时候家里饭桌总会有菜有汤。我可以无饭无菜却不能没汤。病到要死，或是身在异国食欲不振，心里念的想的也就是一碗暖暖的热汤。一碗浓缩各种好味的好汤需要耗时慢炖，人生不也是这样，经过不断的内化在大火小火切换的过程里，淬炼出属于自己舒适妥当的安身之道。

你想遇到怎样的人，
得先让自己变成那样的人。

二十几岁这段日子，应该是所谓的恋爱黄金期。如果你的人生规划是三十五岁以前把自己嫁出去，生完所有计划中的小孩，那请你在这段时间中千万不要放弃任何社交的机会，并且学会将身边的男人准确分类。如果你还有余力，请记住在每一段没有结果的恋情当中学到教训。

如何准确分类男人你会问，爱情不是应该有爱无类的吗？是的！的确是但也不是。所谓有爱无类的发生是在挑对人之后，而不是之前。人生苦短，没有太多机会不停地在路人甲乙上面实践罗曼史上写的恋爱情节，只要看到感觉对就一头撞上去，难保不会成天相遇又别离。

不瞒大家说，我在二十四五岁时有一段时间成天谈恋爱，怎样遇都是一堆路过的，我都觉得自己是不是有问题，所以遇见的人都不对。有一天我很感叹地对一个熟男说：“真的累了！怎么都遇不到一个可以让心定下来的人。”他说出了一句改变我一生的话。他说：“你想遇到怎样的人，得先让自己变成那样的人。”

你贴着可以架上三根牙签的假睫毛，顶着大浓妆跑到夜店找真爱，挑男人先看手上戴的表再看裤袋里的车钥匙，一个晚上从牵手到上车最后上了床。你告诉我没两个礼拜人家不接你电话欺骗你感情。我想是你没搞懂，人家找的是一夜夫妻，搞到最后你求的是百世恩爱。

你说你做事有原则，太丑太矮太胖穿着太土气配不上你。约吃饭要减肥，约唱歌嫌太吵，约你假日阳明山踏青又说会晒黑，这不要那不要东挑西拣，再来哭诉自己明明也不差怎就交不到男朋友。对！的确是古有明训有道是宁缺毋滥，但请别忘记这些在你眼里又丑又胖又矮又土的男人，他们也会有朋友有同学有亲戚。出门社交不是要你去相亲，就算不是你的菜，至少可以从这些好人身上培养一点自信，再不然也可以多些朋友。在外靠朋友也是一句古人经验的累积。

找对象的方法，不是要你门户大开，也不是要你闭门造车，是要你开一扇随时可以控制流量的门。搞清楚自己要的，过滤掉根本不会要你的，剩下的就是可以考虑观察交往的。你再好，不走出门谁也看不到。你再差，也总会有人看见你的优点。不要以为天底下真的有所谓命中注定的真爱，只要时辰到了就会有人来敲门问问昨天夜里那只遗留在半路的玻璃鞋是不是你的。也不要以为天底下真的有多少麻雀变凤凰，在街上拦就可以拦到烫金的金龟婿。找对象不难，难的是你有没有认清自己到底是什么样的人，你找的对象到底又是什么人。

故事再回到我身上。自从我听了老前辈的那句金玉良言后，我大彻大悟地反省了好一阵子。厘清自己身边的人到底怀抱着什么目的，看清楚自己到底想找的人是什么样子的。修身养性了好一阵子，渐渐地五四三的邀约少了，最后留下来的就是可以陪伴自己的人。相信时机相信缘分，不如相信所有的偶然都有必然性。还是那句话，“你想遇到怎样的人，得先让自己变成那样的人”。

啤酒黄瓜

料理其实是一件很有趣的事情，东加西加会产生很多有趣的变化。啤酒、可乐、花生酱都可以加进菜里。有经验的人利用这些现成品，取其中的某些成分，啤酒分解之后有酒精、有碳酸；可乐有糖分、有香料；取花生酱的香气、糖分、油脂，还有浓稠的口感。其实交朋友也是擅用身边的人际关系，把自己嫁出去更是如此。把对的人用在对的地方，把对的材料用在对的料理上，啤酒也能腌黄瓜。

啤酒黄瓜

材 料

小黄瓜……3 根

啤酒……200cc

细砂糖……150g

盐……1 小匙

做 法

1. 小黄瓜略切掉头尾，在砧板上撒盐（约 2 大匙），滚动小黄瓜除去表面涩味后，以清水洗净擦干。
2. 将啤酒、细砂糖、盐混合均匀后连同小黄瓜装入密封袋后，置于冷藏室半天至一天。
3. 享用时洗净切片即可。

Tips

啤酒里面有碳酸与酒精可以促使食物发酵、肉类柔软。喝不完的啤酒可以添加在炖肉中，或是腌肉。炸东西时的面衣添加适量啤酒也有酥脆的效果，啤酒的妙用小知识可在日本各大主要麦酒制造商的网站中取得。

年下之恋，开放放不开

熟女应该是千面百变充满深度的。
时间教会你的，该变成相爱的材料，
而不是捆绑奔放热情的枷锁。

我喜欢Amanda。就像食物链一样，她是我交托心事的闺中密友。别人把心事交给我，我把我的交给她。她总能把我从死胡同里面带出来。在金融界打滚十多年的她，有着超乎常人的理性与逻辑能力，我想才貌兼备用来形容三十五岁单身多金、独立自主的她再适合不过。

一直到最近，他出现了！Amanda的新对象不仅与她十分相称，还是个青春洋溢的男孩子。姐妹们都调侃她这次真的赚到了。玩笑归玩笑，看她春风满面的样子确实让人好生替她开心。

坐在咖啡厅的角落的我正准备点餐的时候，Amanda一边讲电话一边走了过来。面对先到的我，她没有像以往一样利落地让对方挂上电话，反而面带潮红支支吾吾地压低了音量。在我喝完第一杯咖啡的时候，她终于挂了电话，如释重负般地吐出了一口气对我说："很滑稽吗？是的，我自己也这样觉得。想我一把年纪阅人无数，没想到也有需要扭捏的这一天。"

没等我问，她自己告白似的说出了她的烦恼。

我本来以为自己并不排斥年纪上的距离，但是随着相处热度升温，我发现面对眼前年轻的他，就是会一反常态不由自主地别扭起来。每当一天结束，他热情地在电话那头轻声问："宝贝，今天好不好？"明明自己期待了一整天，明明想说：不好，因为我好想你……话到嘴边时又怕被发现自己其实很幼稚，硬生生地吞下肚子，吐出一句："嗯，还不错。你呢？"虽然他说，喜欢我没有理由，但是我知道他会喜欢我一定是因为看在熟女比较懂事，比小妹妹好搞定的分上。天知道，我就算一把年纪，遇到春天也忍不住想开花。

就一个熟女的经验上来说，受了岁月的洗礼，人与人相处保持一定的距离与矜持已经成为一种本能。而我们所经历过的事情，教育我们理性思考似乎比感性冲动来得更为安全，因此练就了我们某种程度上压抑情绪的本领。的确，谁都不想在感情中跌倒，尤其是身为熟女的我们，自以为我们该用理性控制感性。所以在处理感情的时候往往放不开，更遑论对方是比自己年纪小的“男孩子”。

我也曾经遇过一个年纪比我小很多的男生，在当时我也一样放不开，很压抑，最后当然大家都不开心，不了了之。但坦白说，事后想想还真有点后悔。我后悔的是，就算只是昙花一现的恋情，也该享受当下的快乐。就算不能缔结良缘，至少也留个善缘。

经过了许久，我跟另一个也是年纪小的男性友人聊到我的遗憾。我记得这朋友是这样跟我说的：“他喜欢你，是因为他喜欢你本来的样子，在他下决定对你示好之前，他就知道你是现在这个样子了。”所以不需要因为关系改变，觉得自己需要改变成并不存在的该有的样子。

正因为我们是熟女，所以更需要发挥熟女该有的本领。我们该做的，应该是将理性用在规划两个人的未来，而将感性用在享受现在上面，你说是吗？而且，我猜在男人的幻想中，一个有能力的女人在自己面前撒娇，更是一件有吸引力的事吧。

恋爱所产生的快乐、悲伤、喜悦、忐忑，是人类特有的感受。如果上天独厚人类的这件事情，不能为我们好好所用，岂不辜负了老天一番美意。相信我，爱情的结果来自于过程，而不是缘分。Enjoy yourself, just do it !!

食疗处方笺　百变咖喱

爱咖喱的人都知道，咖喱煮好不要心急，隔了一夜后，味道会因为时间的熟成而圆润。而身为熟女的你我，在历经岁月的熟成后，该留下的应该是恰如隔夜咖喱般丰富圆润的好滋味。熟女的咖喱，应该是千面百变充满深度的。时间教会你的，该变成相爱的材料，而不是捆绑奔放热情的枷锁。

百变咖喱

材料

〈日式咖喱酱〉

洋葱……2 个

胡萝卜……2 条，切成滚刀块

马铃薯……5 小个，切成滚刀块

市售咖喱块……1 包

做法

1. 将洋葱切丝后以慢火慢炒至金黄后，加入马铃薯与胡萝卜略事拌炒，加入盖过洋葱的清水，慢炖至洋葱融化及高汤中其他蔬菜软化。
2. 加入市售咖喱块，怕焦锅的人可以先将瓦斯炉熄火，小量分次添加至喜欢的浓稠度。
3. 加入咖喱块后，以小火边搅拌边煮，将所有材料煮至小滚冒泡左右程度即可。
4. 煮好的咖喱酱冷却后分小包装冷冻保存。

Tips

〈咖喱酱的变化〉

通常我们想在家吃咖喱饭，似乎是一件很耗时费工的事情。但是其实现在一般日本制的咖喱块，在配方的调味上面已经很饱满了。除了传统的咖喱做法以外，还有许多种方法可以达成快餐的心愿。肉类可以搭配快熟的干煎鸡腿排、炸猪排，或是各种绞肉炒熟之后与咖喱酱混合。

咖喱酱中因为没有加入很多蔬菜类所以可以延长保存时间，但也可以吃到蔬菜比较新鲜的口感。根茎类蔬菜可以先以水煮、蒸熟的方式加入，我个人很爱将炸过的茄子淋上橄榄油烤软后加入咖喱中，另外夏季的栉瓜、秋葵、南瓜等也很推荐。

在邦妮家吃咖喱，必备的两种东西就是福神渍与日式的腌荞头。搭配吃很爽口。在饭上放起司片，或是煮饭时加入黄姜粉、奶油都是可以改变风味的吃法。另外，将煮好的咖喱酱加水煮滚后放入乌龙面也很棒。

第一次

你把伤心放在心里，
那些原本该撞上门的快乐都被你关在门外。

多数人在一生当中，会谈过几段恋爱。多数的爱恋都不会有结果。但不表示情感会白白浪费掉。爱情对我来说是所有情感里面最花精力与心神的，但我得说，我在每个我爱过爱过我的人身上学到很多。不论是正面的或者负面的，着着实实地帮助我更看懂自己和这个世界。

我的初恋来得很早，是我就读的小镇国中同校不同班的男孩子。毕业之后，有一天他骑着他的“小绵羊”到台北找工作。那个夏天他提早结束了他的青春期，也结束了我还没爱够的第一次爱恋。

记得上了高中之后除了开学那几天，一整个高一上学期我把整天的精力都放在搭公交车这件事上面。我细心地算准了时间，跳上根本不是开往学校的公交车，坐在右手边靠窗的位置，巴望着公交车停靠在他公司门口站牌时，可以恰好看见在骑楼下擦洗机车的他。虽然自始至终老天只眷顾过我一次。而每天游魂似的大台北公交车之旅，让我理所当然地被学校扫地出门。

第一次失恋很痛，虽然当时年纪小，也搞不出什么惊天动地的名堂，虽然不久后有了新男友，但在我心里却不停地播放着只会出现在电影中他跑回来重修旧好的情节。

一直到前一阵子，我还开了车回到我们一同长大的那个小镇，只是他的老家早已人去楼空问不到他的去向。严格说起来，他带给我的那些好的坏的，经过时间的洗礼，到今天或许已经淡了却还留着疤。

分手的时候他走得很决绝，没有一丝商量的余地。其实后来你会发现多数的分手都是这样，不要了就是不要了。失恋的前半年，我傻得很彻底，虽然表面上跟正常人没两样，但我所有的心思都放在算计从车窗上与他四目相望那一秒不到的或然率上。这样说或许对不起我后来交往过的男人们，但是在二十五岁重逢后他对我的告白之前，这个男人一直住在我心里。

他教会了我一件事。我懂了当一个人不爱你的时候就是不爱你了，任凭你千呼万唤死了三百次他还是不会回头。失恋伤心损了里子，面子还是要保留一些，留给日后重逢时能够抬头挺胸用。毕竟地球是圆的要再遇到其实不难。而我也学会了失恋的伤神所带来无止境的内耗，这样的痛苦能够越短越好。每当我的人生再遇到类似的事情，我总会告诉我自己，再美好的再痛苦的都会过去。

你把伤心放在心里，那些原本该撞上门的快乐都被你关在门外。虽然说失恋最好与最烂的解脱就是赶快找到下一个，但是不可否认有过比较你才会发现多数的难以割舍都是自溺。

分手后的一年间，他也找过我几次。每一次给我带来的希望与失望到现在我还记得。二十五岁那年在他决定要结婚后的某一天，他辗转找到我，相约的那一晚我们去了海边，吹着海风抽烟、喝啤酒。电影中的情节真的发生了，他良心发现地跟我说了对不起，还说了谢谢，说这辈子一直到现在，再也找不到一个人对他像我一样好，所以我就像一个神主牌一样被他供在心里，成了他日后每一个女朋友都知道的头号前女友。而我的遗憾也随着那一夜的海风吹散在暗不见光的远方。

你问我这样的结局我满意吗？其实我挺满意的。我也很庆幸当初分手的时候我虐待的只是我自己。不能解释的就留给上天吧，它自有安排。我也总是在每段故事的尾声对自己这样说，时候未到而已。

食疗处方笺 草莓燕麦片烤布丁

人生的第一次爱恋或苦或酸，回想起来都是甜的，而初恋就像初春的草莓般，艳红美好却总是难以保存。刚摘下的草莓皮光肉细红彤彤的娇艳欲滴，滋味却是酸的，摆进冰箱里果酸起了变化，才刚转甜却不消一刻鲜红的表面便开始起了变化。那就做成果酱吧，用甜蜜的糖封存住初春的美好，日后或佐茶或入菜陪伴你春夏秋冬。

草莓燕麦片烤布丁

材 料

燕麦片……2 大匙

牛奶……150cc

草莓果酱……适量

新鲜草莓……适量

做 法

1. 将燕麦片、牛奶以小火煮沸熄火，加入草莓果酱搅拌均匀后，静置直到燕麦片吸满了牛奶膨胀。
2. 将步骤 1 移至烤盅以 230℃烤 20 分钟。
3. 佐以草莓或淋上些许炼乳，或撒上白糖以喷枪烤出脆皮，便是一道自用待客皆宜的营养甜品。

Tips

燕麦片是我减重时的好朋友，这是我某日嘴馋时想到的甜品。亦有降体脂肪胆固醇等功效。这道布丁中的水果可使用新鲜香蕉或巧克力酱替之，燕麦片本身味道清淡，随搭配的食材改变风味变化丰富，是我十分喜爱的材料之一。

疗程三

分手·放手·罢手

我想问你为什么把爱给了我，却把一生许诺给了她？

我亲爱的大仁哥

面对自己所爱，却裹足不前，
究竟是一种奉献还是懦弱？

男人与女人间有一种交往模式叫作“发乎情止乎礼”。我们不禁要问，几千年前老祖宗的道德标准拿到现今社会来，会有这种事吗？有，的确有而且大家都知道。前些日子红遍大街小巷的李大仁，如果在最后一集出师未捷就是这个模式。

我是在 Facebook 认识他的，前一阵子几乎每天都有人许愿：我想要一个李大仁。终于连我都不禁好奇，这个李大仁到底是何许“仁”也？终于我明白，原来李大仁就像是小天使般的存在。

我们这一辈子，或多或少会遇到几个不求回报的异性朋友。求学时期帮你搞定作业、报告、电影票，当你追求异性的军师。甚至是你开启异性视野那扇窗的导师。出了社会以后，除了身体上的接触，此人几乎可以满足所有你对另一半的要求，甚至更贴心。他知道你的好恶、知道你所有秘密，看遍你所有丑态，最常说的一句话就是“我们是一辈子的好朋友”。

在我生活中能说真话的男性们都信誓旦旦地说：“男女之间没有纯友谊。”我相信不只我，你也一定听过，但是你依旧许愿，希望老天给你一个大仁哥。然后你总是对着他说：“我喜欢你，所以我珍惜我们之间的感情，不要跨过那条界线，我们就一辈子不用分开。”我们都知道，身边有一个这样的“好朋友”非常好用。人人都想要有这种交往模式，但是你一定不希望自己的另一半是故事中的主角。

每当我想起这个人物，总忍不住要思考，如果这出偶像剧的角度换作是程又青的男友或是李大仁的女友，那或许就是一出悲剧而不是喜剧，而李程二位也不会人人称羡而是人人讨厌。这就是问题的所在，男女之间的止乎礼，应该到什么程度才算合理。面对自己所爱却裹足不前究竟是一种奉献还是懦弱？而在现实生活中，多数的李大仁其实都只是替补般存在，很少可以得到女主角最后的青睐。面对这样一个深爱自己，却又无法让自己心动的异性，又有多少人可以做出公平的对待？

在大家一面倒的羡慕之下，我忍不住要替这两个人的“正牌伴侣”抱屈。是的，另外两个配角的立场很难令人忽略，他们的角色又该如何自处。面对自己最亲密的人，却有另一个情感寄托的地方，他们游走在友谊边缘界线的感情，令人想埋怨都找不到理直气壮的说法。在童话故事般情谊的背后，我以为现实面的问题才是残忍的。

或许你要说，我把事情看得太严重了。或许吧，在我的观念里，任何一份对自己的爱都是值得被善待的。也或许你要说，付出的本身就是一种幸福。但是我却忍不住要想，这样的付出会不会变成一种伤害，在最后变成别人的悲哀？留下该留的，松开早该放掉的手，往前走吧。让属于友情的分际回到该回到的地方之后，我依然相信，两性之间可以有单纯的情谊。

关东煮

以一锅相同温度的高汤，炖煮不同食材，白萝卜蒟蒻不易入味的要先放，鱼板等容易煮到走味的最后摆。这是煮好关东煮的智慧。在你的生命里，会出现许多人，你与每个人之间的亲疏，相交分寸的拿捏，是照顾好这些爱你的人的智慧。虽然说很多关系看起来似乎你情我愿，但是把所有的东西都摆一锅开足火力从头煮到尾，总会有一个不小心，把原本好好的一锅食材煮到原味尽失的时候。

关东煮

材 料

〈高汤〉

柴鱼粉、昆布、酱油、味醂适量。

〈关东煮料〉

水煮蛋、白萝卜、板蒟蒻、油豆腐、日式竹轮、海带结、各式喜欢的日式鱼浆制品。

做 法

1. 白萝卜去皮横切成圆块状，片去断面菱角使断面呈平滑状，事先以洗米水（或是清水中加入一小把生米）略煮半个钟头后捞起。此举能去除萝卜苦涩味，让颜色更白皙。
2. 市售板蒟蒻等分为四份后，斜切成三角形，以热水烫过去除怪味。
3. 于锅中放入冷水与鸡蛋，以小火煮约 10 分钟煮至鸡蛋全熟，去壳备用。
4. 油豆腐等油炸过的材料以热水略煮 10秒后捞起，去除表面油分使高汤清澄。
5. 高汤与白萝卜、板蒟蒻、油豆腐、海带结、水煮蛋等耐煮的材料一同下锅，文火煮至白萝卜入味，熄火前加入鱼浆制品煮至汤滚即可。

Tips

在日本深夜的闹区一隅，偶尔会有流动摊贩的屋台出现，多半是卖拉面与关东煮的。这里是几杯黄汤下肚喝至半醉的上班族，归家途中吃点东西暖胃醒酒的好地方。想体验当地风情的旅人，不妨在深夜时分到车站附近看看，不难找到屋台的踪迹。日式关东煮的吃法，佐料为黄芥末，最后将蛋黄捣碎与碗中剩余的黄芥末混合后加入高汤享用作 1 为吃关东煮的结尾。

不过这一次她真的显得有点手足无措，
因为她比谁都明白自己已经不再年轻了。

Tina 开始出清她的家当。用过几次的名牌包、所费不赀的手表饰品一件件地在小圈圈里的拍卖会流通。没有人感到意外，除了她自己。应该是两年前，Tina 认识了一个电子公司的老板，很快她辞去了工作搬进了东区的小套房，开始过着被金屋藏娇的日子。之后发生的事不用我多说，大抵就是这样一回事。

这样的故事很常见，尤其是在大城市里。当一夫一妻的情爱供需失衡之后，有一种欢爱介于外遇与红粉知己之间。当人生当中的一切都趋于稳定之后，想要向外发展或许寻求情爱，或许基于各种难以列举缘原由。你会说我以偏概全，男人不是这样的。我要请你放轻松，事实就是这种买卖多如牛毛，如果你觉得我眼里的世界太糟糕，恭喜你，你是幸运的。

如果你问我怎么看这件事，坦白说我没什么看法。付钱的清楚自己只是买一小段青春，比较有问题的是收钱的知不知道自己究竟获得了什么，失去了什么。如果很不幸，恰好你是故事里的卖方，请你明确地知道一寸光阴一寸金，你只是过客他不会是你的归人。为了外室抛弃原配的情节只会出现在电视剧里，天性与伦理使然，在男人的价值观中，原配就算要自动求去，男人都不见得肯放手，而只有原配才是他的根，其他的随时都可以被排除在选择之外。或许认清这点之后，你才知道该怎么做才不会赔上自己的一辈子。

话先说在前面，我一点都不鼓励甚至反对这样的关系。运气好的银货两讫，运气差的除了赔上了青春还付出了感情。只有极少数的案例可以成为公开的秘密常相左右。不论是哪一种，站在一个女人的立场看，这样的关系在人生当中都是缺憾。

话题回到"如果很不幸，恰好你是故事里的卖方"上面。当有人开始每个月负担你的生活起居，千万不要以为从今以后你就衣食无虞，开始学人家富太太花钱不手软。你应该要做的第一件事情就是增加自己的附加价值，把你们的关系当作人生当中支薪的假期，充实自己。书念得少的就去念书，生意做得好的就投资自己做生意，如果这些你都不缺，学会附庸风雅或是锻炼体魄也是一条路。当初他或许只是看上你年轻貌美，请你想办法把自己变成才貌兼备。这样做不仅或许可以延长假期长度，也有助于你找到下一段人生。把精力放在自己上面，而不是那个偶尔睡在你身边的人身上。

男女的关系有无数种可能，真的碰上了在情爱之外还要懂得够聪明。不论你选了哪一条路走，没有人愿意花钱找罪受的道理不会改变。买方的立场很明确，如果恰好他提供的也是你需要的，就请善用资源成就自己，假期结束之后或许你可以脱胎换骨拥有更好的人生，但这真的不一定。

食疗处方笺

盐曲烤五花

曲是使用谷物发酵之后的一种霉菌，而此菌类自古被运用在各种发酵制品当中，例如酒，例如酱油。而曲类制品因富含各种酵素与营养素在近年更被广泛使用在各类菜肴当中，其中盐曲更是前些日子的当红炸仔鸡引起了一阵旋风。曲本是食物发酵腐败过程中的产物，如同世间男女存在着各种关系扮演着各种角色，或许你无法改变已经发生的事实，但是却可以替身在其中的自己做更好的注解，把他当成你的养分熟成你的下一段人生。

盐曲烤五花

材 料

市售盐曲……3 大匙

猪五花肉……1 条

蘸料……客家橘酱

做 法

1. 五花肉洗净擦干表面水分后，以薄盐稍事按摩。
2. 将盐曲均匀涂抹在五花肉表面，静置一个钟头左右。
3. 准备一烤盘，以中火干烤至熟透。

Tips

稍微有厚度的肉类要烤得恰到好处软嫩多汁，重点就是煮至八分熟，剩下的两分留给时间。利用余热去熟成是最后一道手续的道理美食家都会告诉你。生命中有许多难以避免的曾经，飞上枝头也不一定会成凤凰，留两分给自己让时间去内化那些或许在别人眼里不被认同的过去，凡事留两分，烹肉如此做人如此。

梅姨

女人的天敌从来不是岁月在外表留下的痕迹，
而是岁月在你的内在留不下长进。

梅姨的老公有外遇。

我家后巷有一家不算大的美容院，除了技术有点保守以外，价格公道服务也算好，所以在这常会遇见街坊邻居的太太，梅姨就住在我家这栋大楼，偶尔会在电梯里遇到，她也是后巷美容院的常客，不过她应该不认得我，因为不管我们多常出入在同一部电梯同一间美容院，从来不见她多瞧我一眼，她的目光永远停留在她眼前那片镜子里映照的自己上面，但是其实镜子里的她很少有不同，吹梳整齐的同款发式，万年不变的面无表情。

梅姨老公有外遇，这件事严格说起来不是她告诉我的，就技术面上来说是她说，我在旁边听见的，除了外遇以外我还知道梅姨很年轻就跟了他，两个人经历大风大浪重重困难白手起家膝下无子。其实如果我只听过一次也不会能够这般如数家珍，但举凡梅姨那个看起来沉默寡言的丈夫惹毛她，这一套故事就会被挖出来鞭尸一下，而梅姨的丈夫似乎很少不惹毛她，一句说错的话、一份买错的早点都可以被数落到天荒地老。自然地，听久了我也就记下了。

只是在听了很多次之后，才知道梅姨口中那个传说中的狐狸精，回溯案发时间到现在恐怕也修炼成仙了。而每每我在电梯里遇见梅姨那个其貌不扬又温吞的丈夫时，总忍不住想象关上门夫妻俩争吵的话题，是不是千篇一律可以从盘古开天扯到他有外遇，请原谅我这样臆测，毕竟在这些年同窗洗头的日子里，我再也没听过其他的事了。

其实这个世界上不只有我家大楼这住着一个梅姨，她同时也住在很多女人的心里。我眼里的梅姨就像一只陀螺，一生一世绕着同一件事同一个人空转。常听女人感叹韶光易逝转眼不再青春貌美。但其实生命的历程是公平的，三十岁以前的容貌或许靠天生丽质，但过了三十就靠人为的修炼。

女人的天敌从来不是岁月在外表留下的痕迹，而是岁月在你的内在留不下长进。一辈子把心思放在自家门内，美其名是相夫教子，但小孩会长大，也没有永远相看两不厌的爱侣，简单说就是把焦点多放一点在自己而不是别人身上，在生活里找到乐趣而不是找麻烦。找到心之所向丰盈生活的质感，让那些老早就应该入土为安的往事回归尘土，念念不忘的回响只是徒增举足不前的滞怠，而你的一生又有多少时光能够浪费在别人的琐碎上？

二十岁的美貌靠娘胎，三十岁靠梳化，四十以后最稳当的养颜圣品就是快乐与满足的心理状态。快乐是自己找的，不过找到之后还可以照亮一家老小。就回报率来说远比周年庆一早排队抢购化妆保养品划算。

还记得著名保养品广告里的小阿姨吗？小阿姨之所以动人不是因为她用了欧蕾，是因为她一把年纪还能骄傲说出自己岁数的自信。而这份自信你我都能轻易拥有，走出厨房走进厅堂，家事要关心，天下事更要看懂。找到自己生命里值得关注的美好，视野也会因而不同。

纳豆春卷

家里的冰箱时不时地总会剩下一些零星的食材，这不禁让我联想到迈入中年的女人。从繁花似锦走向落英缤纷，女人的一生绝不是像诗人笔下的四季轮转，生命兴衰我们或许无力改变，质感与深度我们绝对有能力增减。今天要做的食谱是纳豆春卷，纳豆有许多优质营养素以外，富含锌与类黄酮素更是女人更年期的好朋友，把纳豆添加在家中剩下的肉类蔬菜中，替姐姊妹妹们添点元气，顺便也清理一下冰箱里堆积如山的烦恼，不断地求新求变是女人常葆青春的最好方法。也祝福你在每一个新的一天当中找到新的烦恼，找到新的喜悦。

梅姨

纳豆春卷

材 料

盒装纳豆……1 盒

绞肉……适量

葱花……适量

黑木耳切丝……适量

春卷皮……数张

高丽菜丝……适量

做 法

1. 纳豆取出切碎，加入包装内所附的黄芥末与调味料以及葱末搅拌至产生黏性。
2. 绞肉与蔬菜类下锅炒熟，除去多余水分以适量酱油白胡椒调味，起锅后与步骤 1 混合均匀待凉备用。

〈春卷〉

1. 以春卷皮包入馅料。
2. 以中温油炸至两面金黄即可。

Tips

由于是清冰箱的料理所以并没有特别要求分量，冰箱里什么剩的多就多用一点。重点是将纳豆与葱以外的食材先炒过沥去多余的菜汤，食谱中使用了春卷皮，若不好取得，剩下的水饺皮、馄饨皮、越式春卷皮都可以拿来卷材料。纳豆特有的气味让许多人错过了它的营养价值，加入大量的葱花与芥末，有意想不到的风味，不敢生吃的话就入菜，吃上一两回或许你也跟我一样会爱上它特殊的滋味。

梅姨

消火栓
石田内科
クリニック

疗程四

『我愿意』之后的童话故事

如果我走了，我亲爱的，留下来的你，会不会后悔？

我知道不论是情侣分手或是夫妻离异，
在短时间之内断得不干不净，
不是一种念旧而是一种自以为宽厚软弱的滥情。

你变了，变得愤世嫉俗，言语充满焦虑与不安。一次见面比一次清瘦，一次比一次躁郁。打从你认识他以来，每隔一段时间，你就会急迫地要找我谈心，而同样的话题持续了将近一年。

与你相识，是在挤满人的异国机场航空公司柜台前，那时候同样是旅客的你正安抚着一对因班机延误而忧心忡忡的老夫妻，时不时地与地勤沟通，把最新的处置方式告诉大家，对我来说，你的亲切与笑容就像是天使一般。

互相扶持如同亲人、各自拥有宠物的探视权，不得有议，洋洋洒洒写了十数条，这是你现任男友与他前妻之间的协议。这份协议书影响了你们的新生活，也协议了他的新人生。

据说事情是这样的，在你出现之前，女方执意要离婚，留下签好的离婚协议书之后，擅自搬了出去，软硬兼施、无所不用其极地要男方签下离婚协议书。而在拉扯的过程里你出现了，在认识你十天后，他打开抽屉签了那份被视而不见大半年的协议书。

不知道是不是突如其来的松绑，让女方除了松口气之余，忍不住好奇前夫妥协的原因，为了后续的财产分配顺利，你的存在一夕之间从正牌女友变成了一个见不得光的第三者。或许是女人的第六感，本来是双方皆大欢喜、求之不得的爽快离婚，演变成前妻求和的局面。从平日的接送、夜半充满爱意的短信，乃至宠物想念主人到前岳母感冒等大小琐碎杂事都要你的他出面。

而你从一开始的隐忍、抗议、撒娇、争吵，动之以情晓之以理，到头都输给了一句“我们虽然不能做夫妻，但是她却是我共同生活了近十年的亲人”。而他的前妻也从本来霸道不讲理的蛮横角色，在你与他一次次的争吵中，顺利转型为他口中那个最了解他的人。你问我你的埋怨有错吗？你问我你的器量太小吗？我相信在你开口问我之前，这些疑问所带给你的价值观错置，早早消磨掉你们之间所有的快乐与信任。

其实我不知道有多少人，在离婚之后还保有生活上密切的关联。但是我知道不论是情侣分手或是夫妻离异，在短时间之内断得不干不净，不是一种念旧而是一种自以为宽厚软弱的滥情。分开这个决定，应该是最后的结论。恩情义理是在做决定之前需要思考的而不是之后。如果说有这样多的理由让你们继续往来，与其如此何不好好地考虑走下去的可能性。分手之后还可以是朋友，只要分寸拿捏得宜的确是美事一桩，但是绝对是在时过境迁，双方情绪都平复的多年后。

刚分手的前妻所有要求都踩在合理边缘，不接受似乎显得器度小，但试问天下又有多少女人，眼看着自己的男友与新前任藕断丝连，毫发无伤大肚能容？开始结束都需要深思熟虑，很显然前妻的存在，不只是失婚后的阴影，而是卡在你们之间具体的人形神主牌。

你若问我，换作是我当会如何？实不相瞒，我会松手。等他们真正的结束，再开始你们的开始。又或者转角遇见新故事。

食疗处方笺　柚子冰沙

在很多饮食文化当中，一餐吃下来会在菜肴之间穿插一道清口的小点，在西餐里最常见的就是沙冰。主要作用是清除口腔中残留的气味，让下一道菜肴的味道从新开始。把这个道理用在生活的选择上也十分适用。停下脚步多给自己一点缓冲的时间，准备好了在重新出发。让该甜的甜该辣的辣，保留事情本身的风味，不要让杂质影响了最初的心情。

柚子冰沙

材 料

市售韩式柚子酱……适量

水……300cc

粉状吉利丁……6g

柑橘酒……1 小匙

做 法

1. 混合柚子果酱与水至喜欢的浓度之后，再偏浓一点点。
2. 吉利丁加上 30cc 左右的热水搅拌均匀备用。
3. 以小锅煮滚步骤 1 后熄火，加入步骤 2 与柑橘酒搅拌至吉利丁完全溶解在果汁中。
4. 取一较大容器放入煮好的果汁，密封后置于冷冻室，表面结冰后，间隔约一个钟头以叉子上下均匀搅拌一次，重复数次至果汁呈现冰沙状为止。

Tips

冰沙其实不需要任何机器在家里就可以简单做好，重点是果汁或是糖分的比例稍高一些，冷冻的过程中数度搅拌，配方中加入吉利丁，成品的口感会比较蓬松绵密。

婚姻是两家人的事，
而婚礼其实可以是两个人的事。

我到的时候，红艳艳的喜帖摊了一整张桌子，你正低着头用签字笔一笔一笔地誊上地址与人名，我问你之前我们一起挑半天的粉红色喜帖呢？地址怎么不用计算机打？用手写要写到什么时候？话都没问完，只见你把笔用力往桌上一摔，眼泪就掉下来了。

事情要从你说了“我愿意”之后开始讲。你们交往了好多年，结婚成了一种预期的默契，就在他给了你一个浪漫的求婚仪式之后，你们开始欢喜地筹划着婚礼。初起两家人似乎也没什么意见，说是你们好就好。直到了事情需要做决定的那刻起，各种声音就跑了出来。一开始是宴客的方式，本想举行一个简单隆重的婚礼，你们想把经费跟时间花在蜜月旅行上，都住在台北一次请完倒也符合你们的需求，但是两方家长似乎有不一样的想法，小学校长的未来公公透过未来婆婆委婉却坚定地要求地点要选在他任职的学校附近，但这个地点却又远离了你的亲友生活圈，换你的父母不乐意了。

本来想父母有自己的交际也无可厚非，婚宴改请结婚归宁也就解决，没想到本来没意见的两家人连琐碎小事都有意见。淡粉红的喜帖说是颜色太浅要换上红色的才喜气，挑了半天的喜帖硬生生被换上了飘着廉价香水烫上金色喜字的中式喜帖。上礼拜婚纱照出炉，本以为一起看看照片会挺开心，没想到你的大姑小姑看了之后，连忙押着你又重新挑选了一次宴客用的礼服，说是原本挑的太单薄不够贵气。诸如此类的事情多到不胜枚举，这还不包括座位的安排、致辞的顺序，还有算命老师的诸多叮咛。

你左思右想，不愿还未过门就惹一身闲言闲语，乖巧顺从地把一生一次婚礼的主导权拱手让出，最后忍不住焦躁地吐起了苦水，噼里啪啦的像是想把满肚子的委屈一口气喷到我脸上来。

结婚这件事，在华人社会里从来都不是两个人的事。每次参加婚礼看着穿戴整齐的新人忙进忙出，总会想到日本庆祝女儿节时装饰在木架上的精致雏人形。也总忍不住想，不知何时婚礼才能回归到婚礼的本质上。其实像这样的故事很寻常，就算没经历过也听说过，我只是一个写故事的人，对于他人婚礼应有的样貌或许无从置喙，但是如果换作是我自己，我也希望在一生一次最重要的日子里得到尊重。

一个周全所有人的婚礼，并不能保证婚姻幸福美满，但是对新人的尊重，却可以让他们简单顺利地踏出人生新阶段的第一步。宴席间常听闻与会的宾客抱怨席开得太少、菜色太差、太晚开桌等鸡毛蒜皮的抱怨，但是其实参加婚礼的意义在于祝福新人，见证一对佳偶的诞生。上一代的交际往来固然不能失了礼数，但在这些坚持中，又有多少是真的跟新人有关？写到这里，如果要我下个结论，让婚礼的主导权回归到新人手上，就当成是一份礼物，祝福他们即将展开的新人生，你说好不好？

题外话，其实葬礼也是。

食疗处方笺 蔬菜蒸与三种蘸酱

婚姻是两家人的事，而婚礼其实可以是两个人的事。我相信与这个结合相关的每一位至亲心里都是充满喜悦的。但往往因为关心所以乱了情绪，在沟通的时候让一件本来可以很开心的事情变得充满冲突。何不让事情简单一些，让婚礼回归到这个仪式所赋予最初的意义上。而食物也是如此，过多的调味让人吃不出食物原本的风味，蔬菜透过简单的蒸煮可以保留大部分的原味，吃过之后你会发现好多你以为你认识的蔬菜，其实你根本不知道它本来竟是如此美味。

蔬菜蒸与三种蘸酱

材 料

各色喜欢的蔬菜

（小家庭里很常见，冰箱有做菜剩下数量不太多的蔬菜，就可以用在这个时候）

〈怪味美乃滋〉

酱油：美乃滋 ：辣椒粉 ：花生酱……3 ：3 ：1 ：3

〈橘香醋味噌〉

白味噌：客家橘酱……2：1

〈罗勒酱〉

新鲜罗勒……约 10 片

大蒜……2 瓣

盐……1 小匙

橄榄油……适量

以上材料切碎后混合。

做 法

1. 混合酱料的材料调制成蘸酱。
2. 将蔬菜至于蒸煮锅具中，大火蒸 5 分钟即可。蒸熟后立即取出降温。

Tips

多数的蔬菜其实可以生食，所以不论是蒸烫都不需要花太多时间，蒸好之后随即取出置于室温下降温，避免蒸笼或是锅中的余温让蔬菜继续加热。另外，多数蔬菜的皮是可以吃的，不仅可以吃养分通常还比较高，尝试保留胡萝卜、牛蒡、花椰菜等蔬菜的皮你会发现吃起来一点都不奇怪。

日文里的“离婚”，中文直译就是“打一次叉”，
但是如果不亲手替自己的不快乐打个叉，
又怎么会有修正的机会？

“我没有资格接受他的追求，更不知道该如何面对他的家人。”二十五岁那年你结束了第一段婚姻，带着孩子，开始了独立抚养小孩的生活。面对追求者，你这样对我说：“这个年纪的男孩子都是要找老婆的，我离过一次婚又带着孩子，就算对方不介意，我也不知道该怎样面对他的家人。”我明白你的考虑，在我们身处的世界里，婚姻的确不只是两个人的事情，而离过婚带着小孩这样的身份，不见得所有的人都能以平常心看待。情到浓时爱侣间有句话是这样说的：“你的过去我来不及参与，但你的未来一定有我。”换个角度看，你的处境刚好是让你的下一个伴侣有机会参与你的过去。

离婚在日文里被戏称为“ばついち”，用中文直译就是“打一次叉”，但是如果你不亲手替自己的不快乐打上一个叉，又怎么会有修正的机会？不见得所有走入婚姻的人下决

定时都是经过深思熟虑，也不见得现在的决定适合未来人生。或许因为孩子或许因为家庭，或许因为一些现实因素，让人将错就错，尤其是小孩更是普遍不离婚的最大考虑。

但是其实关于离婚，我是这样看的。与其给孩子貌合神离吵闹不休的一对父母，为何不给他两个甚至四个快乐的爸妈。当然你也可以给彼此机会重新来过，但是一试再试不见起色，是不是还有别的选择?

离婚或许在传统观念里是个污点，但是任何人都不应该在离完婚之后就认为自己玩完了！切割一段不快乐的关系，才是对自己人生负责，对孩子对曾经的另一半负责。不相信?你问问离过婚的人有多少人后悔？不管有多少我想绝对比结婚的少。说句风凉话，如果每个人在一段关系里找不到自己要的都能当机立断，那这世界上将会少了许多无法面对失败的怨偶。人对爱情对美好互动的渴望是永无止境的，而人又能够违背自己的本性多久？多数的人选择不离婚向外发展，两个人的不快乐牵扯成三四个人的悲哀，劝和不劝离的态度，简言之在两性有独立自主能力的案例上不见得适用。

虽然说我们不应该赋予爱情太多神圣的光环，但是爱屋及乌的能力也是一种筛选对象的方法。你的确是个母亲，但是同时你也不应该放弃身为女人享受爱情的权利，这世界可以赞颂后母善待非亲生子女，同理离婚的女性也应该更积极寻找自己的新人生。孩子或许可以在单亲的环境中健全地成长，但是孤单一个人终老毕竟太伤感，给自己一个机会，也给爱你的人一个机会。没有一段关系是不需要面对考验的，而你们之间与其他人不同的那个既定因素，正是你们这段关系中的课题。离了婚就是为了要开始新的人生，而我以为在勇气与智慧下所做的决定不应该就此画上休止符。我在母亲节的夜晚写下这篇文章，愿全天下的母亲都别忘记自己同时也是一个女人。

食疗处方笺　炒饭

炒饭在我的想法里面是一种善用资源的生活智慧。隔夜的冷饭失去了新鲜时的温度与香气，透过厨娘的智慧与巧手赋予冷饭新的生命。如果说连一碗隔夜的冷饭都有改头换面的可能，更何况是你。

炒饭

材 料

冷饭……1 碗
鸡蛋……2 颗
美生菜……切细末备用
樱花虾……一小撮
葱花……1 小撮
盐、胡椒……适量
美乃滋……适量
虾酱（如果有的话）……1 小匙

做 法

1. 取一个鸡蛋搅拌均匀打成蛋花。
2. 拿一个大碗放入冷饭以及美乃滋搅拌均匀，加入步骤 1 的蛋液搅拌至所有米粒均匀裹上蛋液。
3. 起油锅先炒虾酱（如果有）。将步骤 2 倒入锅中拌炒至饭粒蓬松，加入樱花虾或是任何你喜欢的材料，如果是肉丁等生的材料可以先炒熟再放入米饭。
4. 加入葱花调味料拌炒一下起锅。
5. 享用前拌入事先准备好的美生菜。这样有吸收多余油分、均衡营养以及增加口感的丰富性各种好处。

PS. 另一颗蛋的用途是，起个热油锅大火煎荷包蛋，半熟的蛋黄与香酥的蛋白边缘增加了这一餐的满足感。祝大家“炒饭”顺利！

Tips

我想很多人在家炒饭都会遇到饭炒不松或是结块的问题，不需要大火快锅也不需要高深的厨艺，其实改变材料添加的顺序就可以解决这个问题。把蛋汁先加进冷饭里拌匀之后下锅，轻松愉快。

婚与不婚的岁末

与其说不结婚等同败犬，
不如说为了结婚而结婚，
才是一种面临人生课题抉择的失败。

我也到了随着岁末脚步靠近，就会有收不完的喜帖的年纪。身边的朋友陆续结婚，每次到了这种有很多有点熟又不太熟的人聚在一起的场合里，总会有人问起什么时候轮到自己。虽然谈过几段恋爱，但是却一直没有找到愿意定下来的人，单身对我来说，除了偶尔会有点寂寞以外，其他一切都还好。可是身边的人似乎不这么认为，总会自以为是地劝我眼光不要太高。不可否认地，我虽然想交男朋友，但是也不觉得结婚有这么重要。我说过很多次不一定要结婚，更不想积极地自我推销，让我最难忍受的就是旁人过度热心的杂音。明明这只是我的事情，到底结不结婚对不起谁啊？！更何况我的幸福跟你们真的有关系吗？

很快地一年又到岁末，年终可以代表一个结束，同时也将是新的开始。到了这个季节我们感恩同时也反馈，圣诞节这个西洋人感念基督诞生的节日，对于身处亚洲的多数人来说，就像有着揭开团聚序幕般的魔咒，让所有人都想找个伴。在熙来攘往的大都会里，像这样一个欢乐的月份，总会让单身的人感到格外寂寞。在嫁与不嫁之间徘徊，继续维持单身还是干脆随便找个对象开始约会，这样的话题就会开始出现在姐妹的聚会中。

结婚，在我的观点中，只是人类为了合理化繁衍后代所制定的律法。就物种层面论，人类生存的最终目的，其实也就是为了要繁衍后代，而婚姻正是将繁衍后代这件事情合理化，并且将身体交流对象降低为一人，以便于管理的一种手段而已。试想打着繁衍后代旗号，行四处留种的人一多，后续的问题应该不只是遗传病基因这么单纯。

这样说或许有人不认同，但是如果说这个论点可以让许多不婚，或是结不了婚的人释怀，这样释义也未尝不可。毕竟时代已经走到了人们在决定自己方向的时候，可以多倾听一点自己声音的现代了。

婚与不婚都是选择，最重要的课题是既然决定了，乐在其中才是重要的。面对旁人的闲言闲语，我很想说无须理会，但是既然不认同，何不勇敢地将自己的想法跟身边的人分享？大声说出，我目前没有结婚的打算，如果要结婚一定通知你。或者干脆说，这其实跟你们没关系。说出自己的想法，也是一种态度，表态之后我相信这样的声音会减少，至少你渐渐地不会再听到。

前些年，日本作家给了不婚或是未婚的女性族群下了一个“败犬”的定义。这名词在今日已经不是新鲜词，但是字面上轻蔑的意思，总让许多单身朋友不痛快也是事实。在我来说，不结婚不代表没有能力结婚，而结婚与否也不代表成功与否。与其说不结婚等同败犬，不如说为了结婚而结婚，才是一种面临人生课题抉择的失败。我们必须在别人的看法与忠于自己的做法之间做选择。面对这样的说法，一笑置之就是最好的解决方法。

食疗处方笺 热鳀鱼蒜味色拉条

我想每个适逢适婚年龄却还没结婚的人，都会遇到这样的问题。你大可一笑置之，把这些当成一个千古不烂的社交话题。当然重要的是在这个年纪里，你要清楚自己的决定，选择该铺陈的方向。不婚有不婚的好，在聚会结束后，脱下面具，给自己一杯可以放松的饮料，拿冰箱里现有的材料替自己弄点零食，或许看部电影。一个人当然好，好可以更好！做个快乐的不婚族，从懂得过生活开始。

热鳀鱼蒜味色拉条

材 料

鳀鱼酱……1.5~2 大匙

蒜头……5~8 大颗

橄榄油……6 大匙

牛奶……约 6 大匙

奶油……约 20g

各式蔬菜（冰箱有什么就放什么，可以挑芦笋、甜椒花椰菜等）

做 法

〈蘸酱〉

1. 准备一小锅，以小火加热牛奶，同时放入去皮去心的大蒜粒煮至牛奶滚后取出大蒜沥干。
2. 另准备一小锅加入橄榄油、鳀鱼酱，均匀搅拌后以小火加热至鳀鱼酱出现香味，加入步骤 1 的大蒜稍微煮至大蒜软化，熄火后加入奶油。
3. 将所有材料连同牛奶以果汁机搅碎，蘸酱就完成了。

将喜爱的蔬菜切成适当的大小，芦笋、花椰菜等不适合生食的蔬菜可汆烫后待凉备用。享用时将蘸酱放入耐热小盆里，以酒精灯或蜡烛加热保温。蔬菜蘸酱食用，冬天吃暖暖的热色拉是件幸福又温暖的事情。（干净蘸酱可保存约 7 天，享用时添加适量橄榄油加热即可）

Tips

有小火炉保温的材料，总能让我觉得很舒压。一盏烛火除了温度，还有光。把蘸酱一次做好保存起来 想喝点小酒放松的时候，用蜡烛加热就可以吃了，色拉条、饼干、面包，疼自己只要花五分钟而已。

我们不结婚

我住进了你给我的瓶子，在你允许的空间里
从来没想过要溢满。怕就怕一个不小心，
瓶子倒了我被洒了一地，你却依然是你。

你说，我们不需要婚姻，相爱就好。于是我套上了你给我的戒指，跟了你，从我年轻的时候。你一路走我一路跟，我在朋友眼中成了一个不想结婚的人。

我总是微笑地对自己说，这样也好。没有计划、没有负担，多了一分走到哪算到哪的自在。少了一张证书约束，那些柴米油盐生活起居，从琐事变成情事。我在欢喜的时候给你做顿饭，累了就请你喂饱你自己，我似乎不需要愧疚，因为我只是你的“女朋友”。

于是你一路走我这一路跟，我从女孩变成了女人。朋友们努力生养孩子，我们也没闲着，养了猫、养了狗，小猫爱我、小狗爱你，分开的时候一人一只谁也没占谁便宜。逢年过节，你同你的家人吃饭，我不必站在你妈的厨房里，忙里忙外张罗一家大小。我回我家做我妈的女儿，等着吃饭就好。我总是想，这样也好。

这些年，开始会收到朋友们的喜帖，帖子上一定写着我们的名字。人们把我们的名字写在一起，我跟你却用你跟我。嗯……是的你是你，我是我。与我们同时间谈恋爱的，一对对地结了婚。起初的时候还会有人问，渐渐地大家都知道我是不婚主义者，问我“为什么不结婚？两个人在一起好久也该嫁了吧？”我有各种理由，每一次回答都跟前次不同，随口掰的我一向记不住。标准答案其实只有一个，骄傲让我从来没说出口。就像是水，我住进了你给我的瓶子，在你允许的空间里从来没想过要溢满。怕就怕一个不小心，瓶子倒了我被洒了一地，你却依然是你。

在你的房子里，放满了我跟你的东西，角落是书、厨房里是锅碗瓢盆。成双成对的杯子、碗、餐具，一间睡房两间书房，睡是睡在一起，私人空间还是要有的。经过了很多年，我跟你终究没变成我们。我们跟其他夫妻，有点相似又有点不同。说不上好坏，只是我始终不觉得，你家会变成我们的家，我也还在找，找我自己的家。

写着写着就快到结尾了，起、承、转、合又该当如何？

都好！拖着，随着你的决定过我的人生？或是趁我还走得动，背起行囊开始新的旅程？如果我走了，留下来的你会不会后悔，会不会在没有我的屋子里，后悔着早知道就把你的姓冠在我的姓上面，给我一个俗气的婚礼，让我为你披上白纱？会不会呢？

〈后记〉

这些年，越来越多的男女舍弃了法律上的婚姻走向不婚同居之路。很难说得上是好，但婚姻是两个人共同的决定，不婚也是。不论你选择了哪条路，别委屈了自己，为了爱而妥协的决定，或许经得起一时，却经不了一世的考验，倾听自己的声音，在两个人的世界里做一个快乐的赢家才好。

食疗处方笺　烤起司奶油通心粉浓汤

夜半、天凉的时节，适合吃点暖胃又轻巧的食物。想跟大家分享用微波炉就可以做的白酱，做多点冷冻保存起来，可以拿来做焗烤，也可以做成浓汤或是其他的，把平时吃惯的烤通心粉做成浓汤，一样的材料也有不同的吃法。就像是两个人的世界里，有了爱做基础，其实路有很多条，选择你爱的爱你所选的。

烤起司奶油通心粉浓汤

材料

〈白酱〉

面粉……40g

奶油……40g

牛奶……2 杯

盐、黑栅椒……少许

（本食谱使用 600w 功率微波炉）

〈烤起司奶油通心粉浓汤〉

白酱……1 份

花椰菜、玉米笋、蘑菇、培根……适量

通心粉……烫至八分熟沥干备用

高汤（或水）……半杯

比萨用片状起司……1 片

做法

〈白酱〉

1. 面粉与奶油放入容器里以微波炉加热 4 分钟（至奶油融化为止）。
2. 将融化的奶油与面粉搅拌均匀后徐徐加入牛奶。
3. 继续加热 4 分钟后取出搅拌均匀，将所有搅拌好的材料放入微波炉继续加热 1 分钟后，取出加入盐与黑胡椒搅拌至面粉结块完全消失即可。

PS. 做好的白酱冷却后等份分装冷冻保存。

〈烤起司奶油通心粉浓汤〉

1. 花椰菜、玉米笋烫熟，沥干备用。
2. 培根炒香后加入蘑菇炒至蘑菇熟透后，加入花椰菜、玉米笋大略拌炒一下。
3. 加入高汤滚开后熄火，加入事先准备好的白酱，搅拌均匀后视需要加入胡椒、调味，最后加入通心粉装入浓汤盅里，放上起司片。
4. 将浓汤盅放入事先以 200 度预热的烤箱内，约烤 10 分钟表面起司融化上色即可。

PS. 素食者可将材料中的培根，使用泡水还原的牛肝菌菇适量替之。

Tips

传统白酱的做法，需要先以奶油炒香面粉后最后加入牛奶，奶油不耐热锅子里的温度一没控制好就焦了，面粉与油混合不均最后加入牛奶的时候很容易结块，这是制作白酱让很多主妇却步的原因，利用微波炉受热平均的优点，两三下好吃的白酱就做好了。

妈妈的新伴侣

请让你生命中的第二春雨露均沾，
而不是独厚了谁，更不应该是委屈了谁。

周末下午开往郊区的小巴安静得让人昏昏欲睡，在我座位前排坐了一对母女，两个人一问一答的声音引起了我的注意。小女孩银铃般的声音对妈妈诉说着她的小小烦恼。

一上车坐定之后，小女孩迫不及待地问妈妈："这次回家过周末叔叔在家吗？"妈妈说："叔叔早上到公司加班，等我们到家的时候，他应该也回家了。"小女孩开心地说："那就好！好久没看到叔叔很想他呢。"沉默了几秒后，小女孩接着说，"好奇怪噢，为什么……"妈妈似乎听出了她的犹豫，把话接下反问："你是不是想问，为什么你喜欢叔叔，但是却讨厌爸爸的女朋友，对吗？"小女孩点点头嗫嚅地说："对耶……"

随着人对婚姻看法的改变，离婚这事就算你不想谈都必须要谈。与其把离婚看成两性关系的终点，不如看成新起点是我的看法。离婚之后，你还会遇到其他人，如果你问在新关系中有没有什么是找到新幸福的好方法，我想那必定是让你的新对象拥抱你的旧生活。离婚不是外遇，许多第三者在一开始不知情的情况下当了人家的小三，但是离过婚有孩子，其实大可不需要隐瞒，也不需要觉得自己条件差。就像每个人与生俱来的优缺点一样，谁都可以找到懂得欣赏与接受自己的人。

或许你要问，这样子是不是会对新对象不公平？当然你也可以这样想，但我却觉得一段关系的开始，不是无法抗拒的命运，而是一种选择！真的要换上我的口气来说，就是那你不要爱我啊！找到幸福的基本条件是，先找到一个清楚自己选择的人，并且乐于接受。当然，如果你所谓的幸福，只是找个伴侣，当成生活调剂品，而不是稳定健全的关系，这种做法不可取。

“妹妹啊，妈妈问你喔，爸爸的女朋友你应该还没见过，对吗？如果是这样的话，你怎么会讨厌一个你没见过面的人呢？妈妈想，你讨厌的应该不是爸爸的女朋友，让你觉得不开心的，应该是爸爸有了女朋友之后，老是往外跑的改变对吧？那找时间请爸爸介绍女朋友给你做朋友好不好？”小女孩的妈妈给了女儿这样的回答。

在我看来，离婚不失为解决不合适结合的好方法，但是如果说在这样的解决方法里有什么不可避免的缺憾，那应该就是孩子必须因为你们的选择，人生进而有了微调，而有能力让孩子跟上自己追求新人生的脚步的人，也只有你们。慎选新对象是一，扮演起新旧的桥梁是二，在孩子还没准备好进入成年人的感情世界之际，让他在你的保护下，透过你们的人生，学会任何选择都应该可以有不同的结果。

请让你生命中的第二春雨露均沾，而不是独厚了谁，更不应该是委屈了谁。

〈后记〉

前一阵子幼童遭人凌虐致死的案件，让我觉得很痛心。离婚之后有新对象本来值得恭喜，但白雪公主与毒苹果这样的童话是每个继子继女的噩梦，而有能力让孩子安枕的也只有原生父母。在发展新关系前，请切记你的态度会改写故事的发展，亦能改变孩子的一生。

食疗处方笺

焦糖苹果法式吐司

小时候苹果是供在神桌上的供品，红彤彤圆滚滚地供着，时间长了会散发出熟成迷人的香气。等着等着有天爸爸会从神桌上拿下苹果，拿着水果刀一圈一圈地削去苹果皮，除去芯除去籽切成一块块给在一旁等待着的我们吃。还有一年夏天，妈妈从市场买了好多好多青苹果，说是便宜，于是乎那一整个夏天苹果成了冰箱里唯一的水果，微酸的苹果吃到我们几个小萝卜头皱起了眉头，但说也奇妙，吃着吃着竟吃出了两颊的红润，在我的记忆里，苹果不是继子女的噩梦，而是圆满是爱是家。

焦糖苹果法式吐司

材料

苹果……1 个（去芯带皮切成 16 片）

砂糖……2 大匙

鸡蛋……1 个

牛奶……150cc

白吐司……2 片

奶油……适量

香草精……适量

朗姆酒、肉桂粉……适量（随喜好最后撒在煮好的苹果之后熄火）

做法

1. 以平底锅加热砂糖加入一小匙水，静待锅中砂糖由白转咖啡飘出焦香味。
2. 将苹果片放入锅中，让苹果片沾满焦糖浆起锅备用。
3. 将白吐司浸泡在鸡蛋与牛奶搅拌均匀的蛋奶液中，直到吐司两面吸满蛋奶液为止。
4. 以平底锅加热奶油，奶油融化后放入步骤 3 的吐司，煎至两面金黄。

Tips

熟食的苹果选购时可以挑选较脆较酸的品种，煮焦糖时锅中砂糖变色之前都不要搅拌也不要移动锅子。法式吐司使用冰在冰箱放了好几天没吃完的吐司就可以了。

不管男女都需要保持自己的性吸引力。
不管是否得到想要的异性，在保持性吸引力的过程里，
你绝对会有所收获。

小杰是一个曾经匿名写信给我的中年男子，也可能是许多刚离了婚还没找到下一个春天的男男女女。小杰说："虽然觉得自己幽默风趣，但是认识异性却不如想象中的容易。四十五岁的新单身男子对爱情有渴望，对性有渴求，试过很多种方法，但是却找不到可以陪伴自己过日子或是睡觉的人。"小杰问到底该怎么办啊！

就在前几天我才跟几个姐妹聊到，女孩子其实并不难接近，有耐心跟贴心就成功一半。但是在准备迎接新恋情之前，我想说说所谓魅力这件事到底我的看法是什么。

严格说起来，世界上有多少人就有多少独特性，每个人眼里的好坏都没有绝对，你自认的短处很有可能是别人眼里的长处，所以其实不需要先给自己打分数，画地自限。在这

世界上有很少数的人，与生俱来不需要做任何事情就具备了吸引人的特质，这些特质或许是外表或许是性格，或许是时势造英雄一类的时来运转，但是多数的人都需要创造自己的价值。

我说的这些，或许乍听之下，你会认为有点虚无缥缈，也无法解决你眼前对于爱对于性的渴求。但是我想表达的是，当你创造了自我价值，爱情自然就会来，想挡都挡不了。

换一个角度看，你结束了一段婚姻关系，多数的中年人身陷于每日的柴米油盐之中，而现在的你，在工作之外，应该有大把的时间可以做自己喜欢的事情。我觉得与其如同无头苍蝇般幻想不着边际的男女关系，不如好好培养自己的兴趣。

你一定觉得奇怪，培养自己的兴趣跟谈恋爱有什么关系？在我的经验里，同好是一个认识新朋友的好通道。骑单车有车友，品酒有酒友，任何兴趣都很容易建立新的社交圈。除了拓展人际关系之外，更多的是人在专注于自己所喜欢的事物时，会有许多正面的力量，帮助我们找到自己的魅力所在。

学习一项新鲜的事物，尤其是自己所喜欢的，也会让人有恋爱的感觉。还记得那句古老的话吗？恋爱中的女人最美，男人也是一样。有了专心投入的嗜好，除了可以消解大半的寂寞与空虚，过程中又可以建立新的社交圈，结交到志同道合的朋友，圈子扩大了你的生活也会有所改变。

虽然我不知道在其他人的认知里，离婚这件事对你有什么样的影响。但是在我看来把这离婚当成新生其实也不错。某种程度上，男人只要照顾好自己，赏味期限比女人还长。我记得在我很小的时候，有一个姐姐对我说，女人如果不想结婚，要确保三件事情，第一是保持身体健康，第二是保持阅读习惯，第三则是经济独立。现在的我也到了她的年纪，我想加上一点，那就是不管男女都需要保持自己的性吸引力。

所谓性吸引力不是要你四处招蜂引蝶，而是让自己保持在一个充满活力讨人喜欢的状态。异性的赞许目光是建立自信心的一剂强心针，不管你是否得到了你想要的异性，在这个保持性吸引力的过程里，你绝对会有所收获。

希望我的建议对失婚的你有用处，也希望有一天可以听见你们对我说．重新爱上自己的感觉真好。

食疗处方笺　豚汁

豚汁这两个字是日文，简单地说就是杂菜猪肉味噌汤。这道菜是很普通的日式家常菜。使用的材料都是最基本的冬季时蔬，调味也是。不花哨不取宠，朴素得让人觉得好幸福。人该怎样讨喜，是所有人想问的问题。在我看来不必多问，做好自己，自然就讨喜。

豚汁

材 料

板状蒟蒻……2 片

猪五花肉片……约 100g

白萝卜……半条

红萝卜……1 条

牛蒡……1 根

豌豆荚……适量

味噌……适量

做 法

1. 将板状蒟蒻处理成一口大小，白萝卜去皮后对切再切成薄片，红萝卜滚刀切小块，牛蒡洗净表面的泥土后以削皮刀削成长条片状。
2. 将比较不容易煮透的红白萝卜连同冷水放入锅中煮至软透。加入准备好的蒟蒻、牛蒡煮到水滚捞掉泡沫加入猪肉片。
3. 最后加入豌豆荚与味噌，味噌置于小滤筛上慢慢搅拌让味噌溶入汤中后，即可关火。享用时可以加上葱花或是日式七味粉。

PS. 蒟蒻可以用铁汤匙挖成小块，不规则的切口可以让口感更好。

Tips

汤品或者炖菜中添加根茎类蔬菜时，请从冷水开始煮。在温度缓慢上升的过程中，根菜类特有的淀粉与甜味会慢慢融入料理中。这是我妈妈教我的。另外大家所熟知的牛蒡，由于生长的方向是由内向外增生，所以最嫩的是外皮最老的其实是心，处理牛蒡时，以菜瓜布刷洗表面泥土，不需去皮直接切片刨丝都好。讲究一点的，中心颜色较深的部位可以舍去。

523

疗程五

婚前指南

人生就像是一场cosplay，不同境况，演出不同剧本。

千万不要在还是男女朋友的阶段，让自己变成里外不是的寄居蟹，而我也相信这不会是你最后一个壳，换壳的成长痛能省则省。

本人不反对但也不提倡婚前同居。这虽然已经不是一个洞房花烛那夜才能揭开头纱的年代。就我个人认为，最好是可以在签下卖身契之前，看清楚自己未来漫长岁月里要面对的是怎样的人。我们姑且可以把同居看成某种程度上的试用期，万一真的发现了难忍的另一面，也不需婚后再劳师动众地退货。尽管如此，仍是要慎之又慎。

虽然我不反对婚前同居这件事，但是为了确保双方欢喜与同居的正面价值存在，还是有需要注意的。其中最重要的一条，也是唯一不能挑战的一条就是：

不要在还没结婚之前就大摇大摆地住进人家父母家里。

多数与父母同居的是小情侣，在还没有独立负担生活的能力时，就开始同居。说一句不客气的，人家的父母照顾自己的小孩已经够辛苦了，现在还要多照顾一个你。同居这件事绝对不是像电影台词那样简单，只是多一双筷子吃饭。你居住期间所产生的一切生活必需，诸如洗衣内务、水电瓦斯、各色琐碎究竟怎样做才不失礼教又不见外，怎样分配才公平合理？在这样的情况下，你不能怪人家父母不乐意。而你要面对的已经不只是两个人生活习惯上的差异，而是你要人家一家人来迁就你。最常听见的来自家长的抱怨就是，“儿子的女朋友成天躲在房间里”。

当然我明白女朋友躲在房间的原因，无非是不知道怎样面对与对方家人无话可说的冷清，但是我想说既然连这点都做不好，住进对方父母的家中，相处上发生的各种摩擦，无非是替你们的未来搬来一块绊脚石。当然你们还年轻会不会有未来也还是个未知数，距离产生美感这句话就当是结论，千万不要在还是男女朋友的阶段，让自己变成里外不是的寄居蟹，而我也相信这不会是你最后一个壳，换壳的成长痛能省则省。

相爱固然美好，但是在每个阶段保有适当的距离有助于恋情朝正面发展。关于同居最有趣的现象是，结婚前死命地往人家家里搬，结婚后又拼了命要搬出来。不管你几岁，也不管基于任何经济上、生活上便利的考虑，“不要在还没结婚之前就大摇大摆地住进人家父母家里”是我对于婚前同居的唯一忠告。

共同生活是考验彼此生活习惯与原生价值的最好方式之一，而这些在爱情中看似不起眼的小细节，往往是日后漫长一世相处时压垮彼此的最后一根稻草。两个有经济能力有自主能力的适婚男女，在不影响任何人的前提下试着一起生活是件好事，但是请记得不论是婚姻或是同居，都是学习在保有自己的前提下共有彼此。或许你会问婚姻不就是走进彼此的生命生活，怎会是在保有自己的前提之下呢？这又是另一个问题，我们先不急，翻翻你手上正在看的这本书，你会找到我想说的答案。

食疗处方笺　苹果遇见培根

婚前共同生活是一门学问，你可以把婚前共同生活当成迈入婚姻生活的练习曲，水能载舟亦能覆舟，有能力从中得到好处的绝对只有两个已经独立的人。共同生活的最基本应该是运用自己的智慧与能力先照顾好自己，才有余地去照顾你所爱的人。就像接下来食谱里的苹果与培根，苹果甜香爽脆，培根咸软味浓，两样材料透过起司片组合在一起，发挥了彼此的长处，形成了绝妙的平衡。

当苹果遇见培根

材 料

苹果……1 个，去芯去皮后切成一口大小的薄片

培根……5 片，切成一口大小

比萨用起司……适量

盐……少许

白兰地或朗姆酒……少许

迷迭香……少许

做 法

1. 培根下锅炒香后放入苹果片略事拌炒，最后撒上一点盐调味，淋上酒拌炒两下后装入烤盅。
2. 撒上少许迷迭香、起司后，以 180℃烘烤 15 分钟，烤至起司片融化即可。

Tips

肚子有点饿的深夜、想喝点啤酒的假日午后，培根、苹果都是妥善保存可以放很久的常备食材，熟食用的苹果不需要买太昂贵的，水果摊上的特价品经过巧思一样可以发挥它最大的效果。

妈妈的儿子

如果把婆媳与儿子的关系用三明治譬喻，
儿子应该不是大家常说的夹心而是那层防水的花生酱。

我其实根本不想结婚的！

在我们结婚两年又八天，抱在怀里的孩子还没满月的现在，从你的嘴巴里冷冷地说出了这样一句话。其实我并不惊讶，因为从举行完那个好像与我无关的婚礼之后，这一切的事情都是顺着命运发生。不要说你，连我都没有一点自觉，我们其实已经结束了八年的交往，正式迈入婚姻，只是这句话被你抢先说了，让我有点不服气。

还记得我单身的最后一个中秋，你的母亲宣判式地对我们说："日子看好了！"那一瞬间我呆了好几秒，就像是被雷劈到一样，从头麻到脚的不是喜悦，而是不知道如何反应的惊吓。中秋过了就是年底，很快地赶在你二十八岁结束前，变成彼此身份证配偶栏填空的对象。如果说你问我有什么实质上的感觉，大概就是这项。多数的人以为我们是奉子成婚，其实是奉母。而我以为我是嫁给你，但是其实我是嫁给了你妈的儿子。

婚姻生活比我想象的难，最难的部分是拿捏自己人与外人之间角色扮演的分寸。你虽不是孤儿，我的婆婆却是寡母。站在我的立场看，过度强大的家庭凝聚力，不仅捆绑住你的人生，也绑架我的。而你却总是学不会在我面前停止说“我妈说”、“我妈妈不会这样想”，并在你妈面前说“我老婆讲”、“我老婆决定的”。但是，在最后我却真切地希望那句“我其实不想结婚”能是发自你内心的肺腑之言。

离婚比我想象的简单，本以为会经过你一大家开会表决等冗长的程序，但是跟结婚不一样，这件事似乎大家都没有很大的意见，包括你。接过我已经签好字的离婚协议书之后，你带着五分酒意说：“我要跟妈妈谈。”其实我不懂，结婚都不需要我妈妈同意，为什么离婚需要找她谈？不过这问题似乎也不大，隔了几个月，在电话里你对我说：“妈说要我把字给签了。”就这样从开始到结束，在你母亲的两句话之间，决定了我的惊吓与惊喜。

“我妈说”这句话，应该可以在“最令女人反感的一句话”中排前三名。从一段关系的开始结束，到家里冰箱该添购的食物，该负责任的是自己而不是别人，更不是妈妈与老婆。婆媳关系看起来好像改变不了什么存在于婚姻中的重要决定，却是婚姻关系中压力重大的来源。

两个女人因为一个男人产生了关联，相互接受了一个外人成为自己的亲人，而联系两份深刻爱意的媒介，便是同时身为丈夫与儿子的你。当这两个女人需要透过你更加了解彼此的时候，不要认为这只是女人家的事情，因为她们对彼此的最初认识来自于你的态度与观点。婆媳之间的问题是百年不烂的电视剧题材，但是却没人告诉过你，能花最少力气处理问题的，却是她们深爱着的同一个男人。别让她们对你的爱变成三个人的悲哀。

妈妈的话要听，但是不用挂在嘴上。

食疗处方笺 腌里脊花生酱三明治

一个好的三明治有几个要点，最基本的是从吃的第一口到最后一口，都必须是有料有面包，再就是不能让材料沾湿面包，最后则是所有的材料紧密地吃到最后一口都不掉馅。不让材料沾湿面包，最简单的做法就是在面包上抹上厚厚的一层奶油、美乃滋，而我喜欢用花生酱。这层酱料涂得好，上述的三个基本要件都可以轻易达成。如果把婆媳与儿子的关系用三明治譬喻，儿子应该不是大家常说的夹心，而是那层防水的花生酱。做好你的本分联结起面包与夹心料，也就是两个爱你的女人，让每一口三明治都吃得面带微笑。

腌里脊花生酱三明治

材 料

〈腌肉片材料〉

猪里脊肉……数片

大蒜……2 瓣

盐、糖、酱油……适量

〈三明治材料〉

吐司面包……2 片

花生酱……适量

喜欢的生菜……适量（重点是洗净后擦干）

做 法

1. 将腌肉片的材料装进密封袋里封妥后，以手揉搓密封袋至肉片沾满腌料，静置于冰箱半天以上。
2. 以中火干煎腌好的里脊肉片，煎熟后沥干多余的油。
3. 烤过的吐司单面均匀地涂上厚厚的花生酱之后，依序夹上生菜、肉片、生菜，最后盖上另一片面包即可。

Tips

花生酱其实不只可以拿来抹面包，更是很多中和与串起相异食材的好帮手。花生酱入菜，可以增加浓郁口感与香气，平衡过于单调的咸味，调醋可以变成和风酱汁，加在色拉酱里可以让酱汁浓稠，便于附着在食材上面。

媳妇们的年节症候群

难得一年朝夕相处几次，返乡过节其实可以用 Cosplay 的心态面对，尾牙春酒上的表演换个剧本再演一次。

每年一到旧历年底，随着新春夫家三天两夜游出发时间逼近，脸书、噗浪网上面呈现一种哀鸿遍野的氛围。原本公开的讨论发言串，开起了一个又一个私密小房间。讨论内容多半是去年年节时期的夫家游记。从红包的金额、小姑一家大小回家吃年夜饭受到热烈欢迎、洗了三天两夜碗盘女工日记、亲戚的话题围绕在几时生小孩不胜其扰等，千哀百怨无事不有，越靠近年关哀怨的气氛越凄迷。这时候，单身就成了一种优雅的赦免。在这个节骨眼上就会见到，众人妻对平日找不到人过节的单身女友投以羡慕的眼光。

根据我的经验，在多数提起夫家场合时的词句，“我婆婆其实对我不错”占了很高的比例，在“其实不错”这句话后面多半会接着“但是……”在我身边的人妻，有九成不跟公婆同住。比起我妈那个天天早上五点起床，替姑叔准备便当的年代来说，也能算得上是天高皇帝远。但是就算是平日放逐边疆度日，逢年过节也得上京面圣。游牧生活过惯了，即便只是三天两夜都度日如年，其中尤其心酸的是，小姑可以携家带眷回娘家吃年夜饭，自己却得回夫家过年，只见餐桌上一家和乐，只有自己是外人不打紧，忙进忙出满身汗，还得背上个笨手笨脚罪名好不心酸。当然这其中也有小部分新生代人妻，索性订了机票连夜逃离台湾，上演洽公出差的戏码。嗯，对，农历年只有华人圈放假。

关于新春夫家三天两夜游我是这样看的，套一句老祖宗的话就是“既来之则安之”。婆媳之间的相处，到了现代这个年代，如同八点“花系列”的戏码虽然还是有，但是也不比古时候多。而导致婆媳嫌隙的也多半是两个人之间无谓的执着。

其实我常说，对于婆婆的态度就是，“尽人事听天命”。所谓的尽人事，就是请你以一个感谢她替你生养了个好老公的角度，回馈婆婆是你应该做的。你的丈夫在认识你之前很长一段时间跟妈妈相处，站在你的立场看，你多了一个可以依靠的伙伴；而在婆婆的角度上，或许她少了一个儿子。基于这一点，其实是值得感谢的。

而听天命就是希望身为媳妇的，不需要把过多的注意力放在婆婆对自己做了什么事情上面。她喜欢你或不喜欢你，不管这些好恶基于什么理由，都无法改变她是你丈夫妈妈的事实，当然同样的也无法改变你是你丈夫老婆的事实。既然如此，在你回馈婆婆之后，她是否视你为己出，我觉得过分执着只是庸人自扰而已。难得一年朝夕相处几次，返乡过节其实可以用Cosplay的心态面对，尾牙春酒上的表演换个剧本再演一次，这一次演的是“丈夫老妈的小帮手”。

最后祝福天底下的婆婆妈妈过招愉快！

食疗处方笺　太平面线

每逢年初一早上在我们家的餐桌上一定会出现一碗太平面。太平面是福州人在新年时期许一年平安顺利好彩头的传统食物。面里有红曲汤底的鸡汤，加上长生面线，最后有两颗水煮鸭蛋。福州靠海讨海人多，鸭蛋在福州话里发音同压浪，吃一个留一个在碗底，取消波压浪平安出航的意思。这一次跟大家分享我从小吃到大的新年应景菜。也祝福天底下的婆婆妈妈『诸事太平』！

太平面线

材 料

红曲……约 3 大匙

鸡腿块……2 只

水煮鸭蛋去壳……4 个

香菇……数朵泡发备用

蒜瓣拍碎……数个

面线……1 把

糖、虾油（或鱼露）、盐……少许

做 法

1. 起油锅爆香蒜头香菇，加入红曲炒香后加入些许糖拌炒。
2. 加入鸡腿块炒至上色。
3. 加入高汤与水煮蛋，煮至鸡腿块熟透调味即可。
4. 面线烫熟后组合即可。

Tips

除去少数极品，一般坊间的台式面线口感较软，包装也不易保存。常常还没下锅煮就断得四分五裂。这时候不妨考虑日式面线。日式面线口感较Q长度较短。不论是哪一种烫熟之后本身都有咸味，搭配高汤时请酌量增减汤头的盐分。

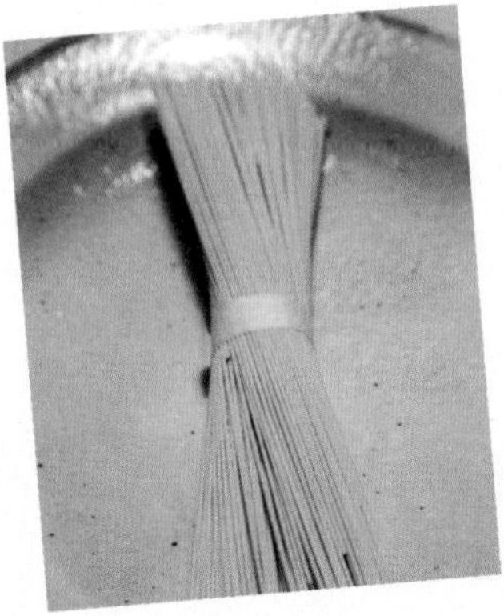

不是每个即将诞生的生命都在计划之中，面对这样突如其来的改变，后来成为母亲的每个人，都选择了接受。

母亲节前的某一天，上课时间在仁爱国中二年级某班的教室中央围了一圈课椅。在每张椅子前摆放了一个装有温水的小脸盆，老师要妈妈们脱去鞋子让脚泡进脸盆里。在一旁的孩子们随着老师的指挥，一边唱着应景的歌曲，一边缓缓地帮妈妈洗脚。当孩子的小手碰触到母亲的脚丫时，其中有一个生面孔的年轻妈妈已经哭得泣不成声。

妈妈在二十二岁那年生下我，上小学之前我被丢在外婆家，有一天爸爸说要接我回台北上学，于是我从外婆家搬到了奶奶家。妈妈在奶奶家是一个禁忌，从来没有人愿意同我谈到她。就算话题里出现了她，也总是同一句“你是没有妈妈的小孩”。不过我知道我有，妈妈的声音总会出现在我上下学途中的电话里，虽然总是在我们说完了要好好念书，天气很冷一类的话之后妈妈就沉默了，虽然当时我不明白为什么她不挂上电话也不说话。记忆里妈妈很忙，我们只有在重大节日才会见面，每次见到她，她总会塞一堆东西给我，最多是衣服再就是零食，当她知道我也看书之后会买书给我。妈妈总是对我说抱歉生下我，我知道她的歉意来自于生了我却无法好好照顾我。

开始懂得站在女人的角度去看妈妈时，是在三十岁那年。我也才开始懂得这世界赋予母亲这个角色太沉重的包袱。如同电影《凯文怎么了？》（We need to talk about Kevin）所诠释的一般，多数女人转变为母亲的准备期或许连六个月也不到。而自孩子落地起往后漫长的一生，终身学习着怎样在现实与普世价值之中，扮演起一个好妈妈的角色。

成长期中在与母亲每次的抗争里，我心里总会出现一句浅旁白，喃喃自语着“我又不想被生下来！”但是后来我想妈妈没说出口的或许是那句“其实我也不想生你”。生命的航向总不如预期，也不是每个即将诞生的生命都在计划之中，面对这样突如其来的改变，后来成为母亲的每个人，都选择了接受。而当一个女人接受了让自己成为一个母亲的同时，也一肩扛起了世人替母亲这个角色定义的刻板形象。所以我们总是抱怨妈妈为什么这样为什么那样，却忘了妈妈也是个人，当她生下你的时候，她也才开始学习，从我是一个妈妈而我又该怎么做的角度思考。

寻着记忆里留下的印记往回走，回溯到生命轨迹交叠的时刻，你会找到那些相同的年纪不同的你们。好好地从一个人的角度而不是母亲的角度，看看你所深爱的、你所误解的、你所受伤的、你所不愿放下的回忆片段。细细地走上一回，或许你会找到答案。而我也衷心地期盼这个答案抚平了你心里面的伤，解释了那些存在心里好多年的疑惑，再次让你有机会对妈妈说上一句“谢谢你生下我”。

食疗处方笺

日式亲子丼

鸡蛋与鸡，鲑鱼或鲑鱼卵这类食材，在日本的食物命名中习惯被称为『亲子』，诉说着两者血脉的关联，一碗好的亲子饭除了活用食材本身各自的滋味外，巧妙地合二为一也是成败的关键。人间的亲子相互影响着彼此的一生，也同样地需要透过沟通与爱，让两代之间所留下的记忆印记，不再是心中揭不开的伤口，是时候好好思考让家人成为真正的一家人。

日式亲子丼

材料

去骨鸡腿肉……1只

三叶菜或山芹菜……1小把切成小段

鸡蛋……2个

酱油……1大匙

糖……1小匙

味醂……1大匙

水……2大匙

做法

1. 去骨鸡腿切成一口大小，浸泡在调味料中。
2. 鸡蛋打散但不需要太均匀备用。
3. 将步骤1放入浅锅中煮至锅中汤汁煮沸、鸡肉约八分熟。
4. 加入半量蛋汁后将三叶菜或山芹菜放入锅中略煮数秒，让蛋汁与菜叶稍稍融合后，加入剩余蛋液立即熄火。
5. 以大碗装盛白饭，将煮步骤5以正面朝上的方式，将小锅中煮好的亲子料滑入碗中即可。

Tips

鸡蛋中蛋清与蛋白的凝固温度不一样，在做这类希望鸡蛋层次丰富嫩滑交错的口感料理时，重点是打蛋时不要打得太均匀，利用凝固温度差产生丰富的口感，另外余热很容易将半生半熟的鸡蛋加热至全熟，锅中材料熄火后立即离锅才不会变硬。

爸爸的狗来福与妈妈的小提琴

每一段生命的历程就像一本独一无二的书，
父母在第一页写下祝福后，请把笔交给孩子。

李氏夫妻购置新居安顿下来后的某一天，李先生迫不及待地领养了一条小狗，同一天自幼学习小提琴的李太太也报名了二胡课。我到他们家做客时，李先生一边替小狗布置狗窝，一边兴高采烈地告诉我，终于他也能拥有自己的小狗。而李太太则是一脸得意地说，其实我从小想学的不是小提琴，那是我妈想学的，我想学的是国乐。李氏夫妻做了好多年他们的父母，在这一天开始学做自己。

传说中李爸爸小时候养了一条小狗叫来福，来福怎么死的不得而知，只知道因为来福所以爸爸再也不养狗。

其实后来长大才知道，多数家庭不给小孩养宠物的头号借口，通常是爸爸死过一条狗，给小孩学才艺最大的原因，多半是因为那是妈妈小时候的心愿。

我常听教钢琴的密友说，现在小孩学琴很容易放弃，我也常看见在宠物店前脸贴着玻璃散发渴望眼神被硬拖走的小孩。在我心里面一直有个疑问，究竟在人的一生中有多少选择，是满足别人的遗憾与心愿？又有多少人把自己的遗憾与心愿加诸在别人身上？而这些选择究竟是成就了孩子的人生，又或者是成了孩子失败时的借口？

每一对父母在孩子的一生当中有许多机会替孩子做选择，有些选择的基础在于经验累积，有些则是主观的好恶，终归说来都是望子成龙，但是又有多少父母懂得倾听相反的意见与声音？能够在意见相左的时候放手？人说天下无不是的父母，出发点是好的结果不一定是好的，父母的期望不一定是孩子的渴望，能不能试着给你的孩子一只钓竿而不是帮他钓鱼？教导孩子懂得承担自己选择后的失败，而不是替孩子做一个不会失败的选择。

每一段生命的历程就像一本独一无二的书，父母在第一页写下祝福后，请把笔交给孩子，生命的可塑性远比你想象的高，让孩子成为一个作者而不是抄书者。或许在一开始，写不成句子写不成文章，但是在涂涂改改之后学会了下笔谨慎，在字迹日渐娟秀的过程里，明白了写字的方法。没有一本书在写的时候保证畅销，但是每一次书写的过程都会有它的获得，适时地给孩子橡皮擦替孩子准备削好的笔无可厚非，但是我想尊重每本书里每篇故事才是给孩子最好的礼物。

写到这里我谨以此文献给我的父母亲，感谢两老在我人生的每一个阶段从未干涉我做的任何决定，即便在面对我天马行空混沌未明的人生发展时依旧乐观其成。我还要特别感谢我的母亲，当我对她的厨房产生兴趣时，她选择信任并且替我煮出来的食物背书，把煮晚餐这样的重责大任交给我。虽然这一过程中浪费了很多食物，诸如打不发的蛋白，疑似有瓦斯中毒风险的瓦斯炉烤地瓜等，她依旧选择把厨房使用权与我分享。我相信不只是我，我的弟弟与妹妹亦对他们怀抱着同样的感谢。

食疗处方笺　南瓜汤

小时候我最讨厌吃的就是南瓜。妈妈的煮法是以姜丝提味煮成咸的，一大块一大块的南瓜加上姜，对我来说是闻到味道就退避三舍的一种菜也不为过，等到有选择权之后，我根本不吃南瓜。长大之后聊起这件事，跟我一起吃饭的男人说，天底下没有不好吃的菜，只是你没吃过好的而已。我常说人对食物的好恶来自原生家庭，味觉的培养也是，所谓再好不过家乡味，也就是这个道理。父母对孩子影响之深刻不仅来自潜移默化更来自父母的观念态度，身教言教就足以替孩子立下稳固的根基，其他的就留给孩子吧。

南瓜汤

材 料

小型南瓜……1/4 颗去籽带皮

牛奶……200cc

核桃……数个，预先炒过

调味料（可甜可咸）……甜的加一点点砂糖提味，咸的加炒香的培根与一点胡椒盐

做 法

1. 南瓜去籽后洗净外皮蒸熟。
2. 将蒸熟的南瓜连同牛奶以及调味料以果汁机打成泥，可视需要加入适量的水分调整浓度。
3. 以小锅小火加热，南瓜浓度越高越容易焦锅，请细心搅拌。最简单的方法是以微波炉加热。
4. 享用时加上炒香的脆核桃，不仅可以丰富口感还可以增添香气与摄取适当的油脂。

Tips

长大之后，我改善了许多对于食物的莫名讨厌，南瓜就是最成功的例子。煮成甜甜的汤多少我也喝得下去。煮多的汤可以分小包冻在冷冻室里，想吃的时候微波炉热一下就可以了。

父后

我们看别人的人生就像看着一颗颗刚出土的新鲜洋葱，你不剥开闻不见个中呛辣。

黑压压的队伍绵延了好几百公尺，飘着细雨的十二月天与黑色的伞，让送葬的人们看起来更显沉默。我隔着一条街目送着这一切，奏着哀乐的乐队、尾随着一色黑衣的人们，队伍最前端灵车里的棺木躺的是我不能见他最后一面的父亲。

父亲很少在家，为了生活四处奔波，妈妈说爸爸是跑船的，我们只有在船靠岸的那几天里才能团聚。而我的母亲是个话不多又严肃的人，只有在爸爸回家那几天才会见她的脸上有藏不住的笑意，她会上美容院做头发，把家里打扫得干干净净，替我添购新衣。父亲回家这件事，在不曾一家团圆过年的我们家是一件比新年还受重视的事情。而随着船离港的时间逼近，妈妈眉间又渐渐锁紧。我也曾对于这些感到好奇，为什么我从不见我的爷爷奶奶亲戚往来，但是妈妈总是淡淡地说小孩子有耳无嘴。

一直到了小学毕业那一年，我拿到了人生第一张身份证，在父亲那栏填着与别人不同的“父不详”，我才懵懂地怀疑起那些我母亲从未提及的不详背后到底是什么原因。但是其实我的怀疑很快就有了答案，就在上了国中之后的第一次选举，我在电视上看见替候选人站台的父亲。我才知道原来我不只有爷爷奶奶，我还有同父异母的手足。而我的父亲不是船员，他的离家也跟大船无关。真相来得比想象中平静，母亲没多说，而我要的答案上网都查得到。

接到父亲病逝通知，是在他入殓之后。父亲家那边处理好所有的事情才通知我们。一向严肃克制的母亲再也忍不住悲恸，没日没夜地关起房门放声哭泣。我虽然不明白那些情绪的背后有多少是压抑成疾，又有多少是来自她对于父亲的爱恋与不舍，但自始至终我却没听过母亲抱怨过一句。

话说到这里你显得有点激动。

清明过后的某一天，开车前往北海岸某墓园的路上，你一手紧握方向盘一边平静地对我说，把你的故事交予给我，最后你忍不住情绪挂着两行泪问我：“为什么！他们不让我见父亲最后一面。”其实我有答案，但是我没说，我想或许上一代两个女人间的角力，等好久就等这一天。就像你选择错开时间来扫墓，刻意地避开了父亲家人的用意一般，我想你懂，只是需要时间去原谅。

每一扇关起的门后有一个家庭，每一个家庭都有自家的故事，而谱写故事的是一个两个好多个人的人生。或许平淡无奇，也或许错综复杂，我想问的是如果有一天主角是你，你会做怎样的对待与安排？在这个故事里，我并不想站在有立场的角色去替读者的思维导读，我想表达的是，所有的事情，从一开始，到有能力改变，最后演变成既定事实的时候，面对这些共同参与者的人生，是不是可以选择宽容一些？你看似可恨的或许有他的悲哀，你看似风光的也可能有他的无奈，当我们无力改变也或许刻意纵容之后，真正要面对与放下的才是整件事情需要琢磨的课题。

食疗处方笺　洋葱汤

当季的新鲜洋葱浑圆饱满披着金色外衣，凑近一闻除了泥土的香气并没特别明显的气味，但一层一层剥开后你会发现呛辣得难受，忍不住就流下了眼泪。我们看别人的人生就像看着一颗颗刚出土的新鲜洋葱，你不剥开闻不见个中呛辣。洋葱的辣加热后神奇地消失了，转化成天然的鲜甜，许多西式料理都以它为基底，在季节交替时更是预防伤风的好食材。那些藏在里面的别人的人生我们不需要抽丝剥茧探根究底，但是却可以多点包容可以多一点体谅。

洋葱汤

材 料

新鲜洋葱……1 个

鸡或猪骨高汤块……1 块

水……500~600cc

干燥牛肝菌……小朵泡发后切丁

西洋芹或巴西利……适量

做 法

1. 洋葱除去外层薄皮后，切头去尾。
2. 炒香牛肝菌拌炒后加入水与高汤块，滤去表面油渣后放入一整颗洋葱。
3. 盖上锅盖以小火焖煮 30 分钟左右至整颗洋葱熟软。
4. 调整味道，太咸加水，太淡，可继续加热收干水分至浓淡适中。
5. 享用时撒上些许切碎的西洋芹或干燥巴西利。

Tips

材料中的牛肝菌有烟熏的香气，添加在马铃薯泥等菜肴中，可取代培根的气味，我常用它烹煮素食料理。一般进口超市均可轻易取得。

父后